suhrkamp taschenbuch 1197

Hermann Hesse, am 2. Juli 1877 in Calw/Württemberg als Sohn eines baltendeutschen Missionars und einer württembergischen Missionarstochter geboren, 1946 ausgezeichnet mit dem Nobelpreis für Literatur, starb am 9. August 1962 in Montagnola bei Lugano.

Seine Bücher, Romane, Erzählungen, Betrachtungen, Gedichte, politischen, literatur- und kulturkritischen Schriften sind mittlerweile in einer Auflage von mehr als 60 Millionen Exemplaren in aller Welt verbreitet und haben ihn zum meistgelesenen europäischen Autor des 20. Jahrhunderts in den USA und in Japan gemacht.

Die beiden 1906 und 1910 entstandenen Erzählungen »Der Weltverbesserer« und »Doktor Knölges Ende« führen in die Welt der Aussteiger und Sozialreformer, der Exzentriker und liebenswert unangepaßten Menschheitsbeglücker, deren idealistische Experimente Hesse stets mit Neugierde und wohlwollender Anteilnahme verfolgte. 1907 hatte er selbst mit solchen alternativen Lebensformen experimentiert, einige Wochen auf dem Monte Verità die Naturheil-Kolonie des belgischen Industriellensohnes Henri Oedenkoven besucht und monatelang streng vegetarisch gelebt. Seine Erlebnisse, Beobachtungen und Erfahrungen findet man hier ebenso anschaulich wie humorvoll geschildert.

Nicht von ungefähr sind die Helden der beiden Erzählungen Akademiker, die sich nach einem direkteren Lebensbezug sehnen. Während der Weltverbesserer dank einer lebenstüchtigen Freundin wieder in die verschmähte bürgerliche Gesellschaft zurückfindet, bleibt Doktor Knölge auf der Strecke. In dieser Satire wird das »Zurück zur Natur«-Ideal in Gestalt eines wieder zum Affen gewordenen Naturmenschen auf die Spitze getrieben und der Philologe Knölge ein Opfer des atavistischen Experimentes, die Evolution rückgängig zu machen.

Hermann Hesse
Der Weltverbesserer
und
Doktor Knölges Ende

Zwei Erzählungen

Suhrkamp

Der Weltverbesserer.
Erstdruck in *März*, München, ab April 1911.
Erstmals in Buchform in:
Hermann Hesse, *Umwege*, Berlin, 1912.
Doktor Knölges Ende.
Geschrieben im Juli 1910.
Erstdruck in *Jugend*, München, 1910.
Erstmals in Buchform in:
Hermann Hesse, *Die Erzählungen*,
Frankfurt am Main, 1973
Umschlagmotiv nach einem Aquarell
Hermann Hesses.
Redaktion: Volker Michels.

suhrkamp taschenbuch 1197
Erste Auflage 1985

Suhrkamp Taschenbuch Verlag
Satz: LibroSatz, Kriftel/Taunus
Druck: Ebner Ulm · Printed in Germany
Umschlag nach Entwürfen von
Willy Fleckhaus und Rolf Staudt

1 2 3 4 5 6 – 90 89 88 87 86 85

Der Weltverbesserer

Berthold Reichardt war vierundzwanzig Jahre alt. Er hatte die Eltern früh verloren, und von seinen Erziehern hatte nur ein einziger Einfluß auf ihn bekommen, ein edler, doch fanatischer Mensch und frommer Freigeist, welcher dem Jüngling früh die Gewohnheit eines Denkens beibrachte, das bei scheinbarer Gerechtigkeit doch nicht ohne Hochmut den Dingen seine Form aufzwang. Nun wäre es für den jungen Menschen Zeit gewesen, seine Kräfte im Spiel der Welt zu versuchen, um ohne Hast sich nach dem ihm zukömmlichen und erreichbaren Lebensglück umzusehen, auf das er als ein gescheiter, hübscher und wohlhabender Mann gewiß nicht lange hätte zu warten brauchen.

Berthold hatte keinen bestimmten Beruf gewählt. Seinen Neigungen gemäß hatte er bei guten Lehrern, auf Reisen und aus Büchern Philosophie und Geschichte studiert mit einer Tendenz nach den ästhetischen Fächern. Sein ursprünglicher Wunsch, Baumeister zu werden, war dabei in den Studienjahren abwechselnd erkaltet und wieder aufgeflammt; schließlich war er bei der Kunstgeschichte stehengeblieben und hatte vorläufig seine Lehrjahre durch eine Doktorarbeit abgeschlossen. Als junger Doktor traf er nun in München ein, wo er am ehesten die Menschen und die Tätigkeit zu finden hoffte, zu denen seine Natur auf noch verdunkelten Wegen doch immer stärker hinstrebte. Er dürstete danach, am Entstehen neuer Zeiten und Werke mitzuraten und mitzubauen und im Werden und Emporkommen seiner Generation mitzuwachsen. Des Vorteiles, den jeder Friseurgehilfe hat: durch Beruf und Stellung von allem Anfang an ein festes, klares Verhältnis zum Leben und eine berechtigte Stelle im Gefüge der menschlichen Tätigkeiten zu haben, dieses Vorteils also mußte Berthold bei seinem Eintritt in die Welt und ins männliche Alter entraten.

In München, wo er schon früher ein Jahr als Student gelebt hatte, war der junge Doktor in mehreren Häusern eingeführt, hatte es aber mit den Begrüßungen und Besuchen nicht eilig, da er seinen Umgang in aller Freiheit suchen und unabhängig von früheren Verpflichtungen sein Leben einrichten wollte. Vor allem war er auf die Künstlerwelt begierig, welche zur Zeit eben wieder voll neuer

Ideen gärte und beinahe täglich Zustände, Gesetze und Sitten entdeckte, welchen der Krieg zu erklären war.

Er geriet bald in näheren Umgang mit einem kleinen Kreise junger Künstler dieser Art. Man traf sich bei Tische und im Kaffeehaus, bei öffentlichen Vorträgen und bald auch freundschaftlich in den Wohnungen und Ateliers, meistens in dem des Malers Hans Konegen, der eine Art geistiger Führerschaft in dieser Künstlergruppe ausübte.

Im weiteren Umgang mit diesen Künstlern fand er manchen Anlaß zur Verwunderung, ohne darüber den guten Willen zum Lernen zu verlieren. Es fiel ihm vor allem auf, daß die paar berühmten Maler und Bildhauer, deren Namen er stets in enger Verbindung mit den jungen künstlerischen Revolutionen nennen gehört hatte, offenbar diesem reformierenden Denken und Treiben der Jungen weit ferner standen, als er gedacht hätte, daß sie vielmehr in einer gewissen Einsamkeit und Unsichtbarkeit nur ihrer Arbeit zu leben schienen. Ja, diese Berühmtheiten wurden von den jungen Kollegen keineswegs als Vorbilder bewundert, sondern mit Schärfe, ja mit Lieblosigkeit kritisiert und zum Teil sogar verachtet. Es schien, als begehe jeder Künstler, der unbekümmert seine Werke schuf, damit einen Verrat an der Sache der revolutionierenden Jugend.

Es entsprach dieser Verirrung ein gewisser jugendlich-pedantischer Zug in Reichardts Wesen selbst, so daß er trotz gelegentlicher Bedenken dieser ganzen Art sehr bald zustimmte. Es fiel ihm nicht auf, wie wenig und mit wie geringer Leidenschaft in den Ateliers seiner Freunde gearbeitet wurde. Da er selbst ohne Beruf war, gefiel es ihm wohl, daß auch seine Malerfreunde fast immer Zeit und Lust zum Reden und Theoretisieren hatten. Namentlich schloß er sich an Hans Konegen an, dessen kaltblütige Kritiklust ihm ebensosehr imponierte wie sein unverhohlenes Selbstbewußtsein. Mit ihm durchstreifte er häufig die vielen Kunstausstellungen und hatte die Überzeugung, dabei viel zu lernen, denn es gab kaum ein Kunstwerk, an dem Konegen nicht klar und schön darzulegen wußte, wo seine Fehler lagen. Anfangs hatte es Berthold oft weh getan, wenn andere über ein Bild, das ihm gefiel und in das er sich eben mit Freude hineingesehen hatte, gröblich und schonungslos hergefallen waren; mit der Zeit gefiel ihm jedoch dieser Ton und färbte sogar auf seinen eigenen ab.

Da hing eine zarte grüne Landschaft, ein Flußtal mit bewaldeten Hügeln, von Frühsommerwolken überflogen, treu und zart gemalt, das Werk eines noch jungen, doch schon rühmlich bekannten Malers. »Das schätzen und kaufen nun die Leute«, sagte Hans Konegen dazu, »und es ist ja ganz nett, die Wolkenspiegel im Wasser sind sogar direkt gut. Aber wo ist da Größe, Wucht, Linie, kurz – Rhythmus? Eine nette kleine Arbeit, sauber und lieb, gewiß, aber das soll nun ein Berühmter sein! Ich bitte Sie: wir sind ein Volk, das den größten Krieg der modernen Geschichte gewonnen hat, das Handel und Industrie im größten Maßstab treibt, das reich geworden ist und Machtbewußtsein hat, das eben noch zu den Füßen Bismarcks und Nietzsches saß – und das soll nun unsere Kunst sein!«

Ob ein hübsches waldiges Flußtal geeignet sei, mit monumentaler Wucht gemalt zu werden, oder ob das Gefühl für einfache Schönheiten der ländlichen Natur unseres Volkes unwürdig sei, davon sprach er nicht.

Doktor Reichardt wußte nicht, daß seine Bekannten keineswegs die Blüte der Künstlerjugend darstellten, denn nach ihren Reden, ihrem Auftreten und ihren vielen theoretischen Kenntnissen taten sie das entschieden. Er wußte nicht, daß sie höchstens einen mäßigen Durchschnitt, ja vielleicht nur eine launige Luftblase und Zerrform bedeuteten. Er wußte auch nicht, wie wenig gründlich und gewissenhaft die Urteile Konegens waren, der von schlichten Landschaften den großen Stil, von Riesenkartons aber tonige Weichheit, von Studienblättern Bildwirkung und von Staffeleibildern größere Naturnähe verlangte, so daß freilich seine Ansprüche stets weit größer blieben als die Kunst aller Könner. Und er fragte nicht, ob eigentlich Konegens eigene Arbeiten so mächtig seien, daß sie ihm das Recht zu solchen Ansprüchen und Urteilen gäben. Wie es Art und schönes Recht der Jugend ist, unterschied er nicht zwischen seiner Freunde Idealen und ihren Taten.

Ihre Arbeit galt meistens recht anspruchslosen Dingen, kleinen Gegenständen und

Spielereien dekorativer und gewerblicher Art. Aber wie das Können des größten Malers klein wurde und elend dahinschmolz, wenn man es an ihren Forderungen und Urteilen maß, so wuchsen ihre eigenen Geschäftigkeiten ins Gewaltige, wenn man sie darüber sprechen hörte. Der eine hatte eine Zeichnung zu einer Vase oder Tasse gemacht und wußte nachzuweisen, daß diese Arbeit, so unscheinbar sie sei, doch vielleicht mehr bedeute als mancher Saal voll Bilder, da sie in ihrem schlichten Ausdrucke das Gepräge des Notwendigen trage und auf einer Erkenntnis der statischen und konstruktiven Grundgesetze jedes gewerblichen Gegenstandes, ja des Weltgefüges selbst, beruhe. Ein anderer versah ein Stück graues Papier, das zu Büchereinbänden dienen sollte, mit regellos verteilten gelblichen Flecken und konnte darüber eine Stunde lang philosophieren, wie die Art der Verteilung jener Flecken etwas Kosmisches zeige und ein Gefühl von Sternhimmel und Unendlichkeit zu wecken vermöge.

Dergleichen Unfug lag in der Luft und wurde von der Jugend als eine Mode betrieben; mancher kluge, doch schwache Künstler mochte es auch ernstlich darauf anlegen, mangelnden natürlichen Geschmack durch solche Räsonnements zu ersetzen oder zu entschuldigen. Reichardt aber in seiner Gründlichkeit nahm alles eine Zeitlang ernst und lernte dabei von Grund aus die Müßiggängerkunst eines intellektualistischen Beschäftigtseins, das der Todfeind jeder wertvollen Arbeit ist.

Über diesem Treiben aber konnte er doch auf die Dauer nicht alle gesellschaftlichen Verpflichtungen vergessen, und so erinnerte er sich vor allem eines Hauses, in dem er einst als Student verkehrt hatte, da der Hausherr vor Zeiten mit Bertholds Vater in näheren Beziehungen gestanden war. Es war dies ein Justizrat Weinland, der als leidenschaftlicher Freund der Kunst und der Geselligkeit ein glänzendes Haus geführt hatte. Dort wollte nun Reichardt, nachdem er schon einen Monat in der Stadt wohnte, einen Besuch machen und sprach in sorgfältiger Toilette in dem Hause vor, dessen erste Etage der Rat einst bewohnt hatte. Da fand er zu seinem Erstaunen einen fremden Namen auf dem

Türschilde stehen, und als er einen heraustretenden Diener fragte, erfuhr er, der Rat sei vor mehr als Jahresfrist gestorben.

Die Wohnung der Witwe, die Berthold sich aufgeschrieben hatte, lag weit draußen in einer unbekannten Straße am Rande der Stadt, und ehe er dorthin ging, suchte er durch Kaffeehausbekannte, deren er einige noch von der Studentenzeit her vorgefunden hatte, über Schicksal und jetzigen Zustand des Hauses Weinland Bericht zu erhalten. Das hielt nicht schwer, da der verstorbene Rat ein weithin gekannter Mann gewesen war, und so erfuhr Berthold seine ganze Geschichte: Weinland hatte allezeit weit über seine Verhältnisse gelebt und war so tief in Schulden und mißliche Finanzgeschäfte hineingeraten, daß niemand seinen plötzlichen Tod für einen natürlichen hatte halten mögen. Jedenfalls habe sofort nach diesem unerklärlichen Todesfall die Familie alle Habe verkaufen müssen und sei, obwohl noch in der Stadt wohnhaft, so gut wie vergessen und verschollen. Schade sei es dabei um die Tochter, der man ein besseres Schicksal gegönnt hätte.

Der junge Mann, von solchen Nachrichten

überrascht und mitleidig ergriffen, wunderte sich doch über das Dasein dieser Tochter, welche je gesehen zu haben er sich nicht erinnern konnte, und es geschah zum Teil aus Neugierde auf das Mädchen, als er nach einigen Tagen beschloß, die Weinlands zu besuchen. Er nahm einen Mietwagen und fuhr hinaus, durch eine unvornehme Vorstadt bis an die Grenze des freien Feldes. Der Wagen hielt vor einem einzeln stehenden mehrstöckigen Miethause, das trotz seiner Neuheit in Fluren und Treppen schon den trüben Duft der Ärmlichkeit angenommen hatte.

Etwas verlegen trat er in die kleine Wohnung im zweiten Stockwerk, deren Türe ihm eine Küchenmagd geöffnet hatte. Sogleich erkannte er in der einfachen Stube die Frau Rätin, deren strenge magere Gestalt ihm beinahe unverändert und nur um einen Schatten reservierter und kühler geworden schien. Neben ihr aber tauchte die Tochter auf, und nun wußte er genau, daß er diese noch nie gesehen habe, denn sonst hätte er sie gewiß nicht so ganz vergessen können. Sie hatte die Figur der Mutter und sah mit dem gesunden Gesicht, in der strammen, elastischen Haltung und einfachen, doch tadellosen Toilette wie eine junge Offiziersfrau oder Sportsdame aus. Bei längerem Betrachten ergab sich dann, daß in dem frischen, herben Gesicht dunkelbraune Augen ihre Stätte hatten, und in diesen ruhigen Augen sowohl wie in manchen Bewegungen der beherrschten Gestalt schien erst der wahre Charakter des schönen Mädchens zu wohnen, den das übrige Äußere härter und kälter vermuten ließ, als er war.

Reichardt blieb eine halbe Stunde bei den Frauen. Das Fräulein Agnes war, wie er nun erfuhr, während der Zeit seines früheren Verkehrs in ihrem Vaterhause im Auslande gewesen. Doch vermieden sie es alle, näher an die Vergangenheit zu rühren, und so kam es von selbst, daß vor allem des Besuchers Person und Leben besprochen wurde. Beide Frauen zeigten sich ein wenig verwundert, ihn so zuwartend und unschlüssig an den Toren des Lebens stehen zu sehen, und Agnes meinte geradezu, wenn er einiges Talent zum Baumeister in sich fühle, so sei das ein so herrlicher Beruf, daß sie sein Zaudern nicht begreife. Beim Abschied wurde er eingeladen, nach Belieben sich wieder einzufinden.

Von den veränderten Umständen der Familie hatte zwar die Lage und Bescheidenheit ihrer Wohnung Kunde gegeben, die Frauen selbst aber hatten dessen nicht nur mit keinem Worte gedacht, sondern auch in ihrem ganzen Wesen kein Wissen von Armut oder Bedrücktheit gezeigt, vielmehr den Ton beibehalten, der in ihrer früheren Lebensführung ihnen geläufig gewesen war. Reichardt nahm eine Teilnahme und Bewunderung für die schöne, tapfere Tochter mit sich in die abendliche Stadt hinein und fühlte sich bis zur Nacht und zum Augenblick des Einschlafens von einer wohlig reizenden Atmosphäre umgeben, wie vom tiefen, warmen Braun ihrer Blicke.

Dieser sanfte Reiz spornte den Doktor auch zu neuen Arbeitsgedanken und Lebensplänen an. Er hatte darüber ein langes Gespräch mit dem Maler Konegen, das jedoch zu einer Abkühlung dieser Freundschaft führte. Hans Konegen hatte auf Reichardts Klagen hin sofort einen Arbeitsplan entworfen, er war in dem großen Atelier heftig hin und her geschritten, hatte seinen Bart mit nervösen Händen gedreht und sich alsbald, wie es seine unheimliche Gabe war, in ein flimmerndes Gehäuse eingesponnen, das aus lauter Beredsamkeit bestand und dem Regendache jenes Meisterfechters im Volksmärchen glich, unter welchem jener trocken stand, obwohl er aus nichts bestand als dem rasenden Kreisschwung seines Degens.

Er rechtfertigte zuerst die Existenz seines Freundes Reichardt, indem er den Wert solcher Intelligenzen betonte, die als kritische und heimlich mitschöpferische Berater der Kunst helfen und dienen könnten. Es sei also dessen Pflicht, seine Kräfte der Kunst dienstbar zu machen. Er möge daher trachten, an einer angesehenen Kunstzeitschrift oder noch besser an einer Tageszeitung kritischer Mitarbeiter zu werden und zu Einfluß zu kommen. Dann würde er, Hans Konegen, ihm durch eine Gesamtausstellung seiner Schöpfungen Gelegenheit geben, einer guten Sache zu dienen und der Welt etwas Neues zu zeigen.

Als Berthold ein wenig mißmutig den Freund daran erinnerte, wie verächtlich sich dieser noch kürzlich über alle Zeitungen und über das Amt des Kritikers geäußert habe, legte der Maler dar, wie eben bei dem traurig tiefen Stand der Kritik ein wahrhaft freier Geist auf diesem Gebiete zum Reformator werden könne, zum Lessing unserer Zeit. Übrigens stehe dem Kunstschriftsteller auch noch ein anderer und schönerer Weg offen, nämlich der des Buches. Er selbst habe schon manchmal daran gedacht, die Herausgabe einer Monographie über ihn, Hans Konegen, zu veranlassen; nun sei in Reichardt der Mann für die nicht leichte Aufgabe gefunden. Berthold solle den Text schreiben, die Illustration des Buches übernehme er selbst.

Reichardt hörte die wortreichen Vorschläge mit zunehmender Verstimmung an. Heute, da er das Übel seiner berufslosen Entbehrlichkeit besonders stark empfand, tat es ihm weh zu sehen, wie der Maler in diesem Zustande nichts anderes fand als eine Verlockung, ihn seinem persönlichen Ruhm oder Vorteil dienstbar zu machen.

Aber als er ihm ins Wort fiel und diese Pläne kurz von der Hand wies, war Hans Konegen keineswegs geschlagen.

»Gut, gut«, sagte er wohlwollend, »ich verstehe Sie vollkommen und muß Ihnen eigentlich recht geben. Sie wollen Werte schaffen helfen, nicht wahr? Tun Sie das! Sie haben Kenntnisse und Geschmack, Sie haben mich und einige Freunde und dadurch eine direkte Verbindung mit dem schaffenden Geist der Zeit. Gründen Sie also ein Unternehmen, mit dem Sie einen unmittelbaren Einfluß auf das Kunstleben ausüben können! Gründen Sie zum Beispiel einen Kunstverlag, eine Stelle für Herstellung und Vertrieb wertvoller Graphik, ich stelle dazu das Verlagsrecht meiner Holzschnitte und zahlreicher Entwürfe zur Verfügung, ich richte Ihnen Druckerei und Ihr Privatbüro ein, die Möbel etwa in Ahornholz mit Messingbeschlägen. Oder noch besser, hören Sie! Beginnen wir eine kleine Werkstätte für vornehmes Kunstgewerbe! Nehmen Sie mich als Berater oder Direktor, für gute Hilfskräfte werde ich sorgen, ein Freund von mir modelliert zum Beispiel prachtvoll und versteht sich auch auf Bronzeguß.«

Und so ging es weiter, munter Plan auf Plan, bis Reichardt beinahe wieder lachen konnte. Überall sollte er der Unternehmer sein, das Geld aufbringen und riskieren, Konegen aber war der Direktor, der technische Leiter, kurz die Seele von allem. Zum ersten

Male erkannte er deutlich, wie eng alle Kunstgedanken des Malergenies nur um dessen eigene Person und Eitelkeit kreisten, und er sah nachträglich mit Unbehagen, wie wenig schön die Rolle war, die er in der Vorstellung und den Absichten dieser Leute gespielt hatte.

Doch überschätzte er sie immer noch, indem er nun darauf dachte, sich von diesem Umgang unter möglichster Delikatesse und Schonung zurückzuziehen. Denn kaum hatte Herr Konegen nach mehrmals wiederholten Beredungsversuchen eingesehen, daß Reichardt wirklich nicht gesonnen war, diese Unternehmergelüste zu befriedigen, so fiel die ganze Bekanntschaft dahin, als wäre sie nie gewesen. Der Doktor hatte diesen Leuten ihre paar Holzschnitte und Töpfchen längst abgekauft, einigen auch kleine Geldbeträge geliehen; wenn er nun seiner Wege gehen wollte, hielt niemand ihn zurück. Reichardt, mit den Sitten der Boheme noch wenig vertraut, sah sich mit unbehaglichem Erstaunen von seinen Künstlerfreunden vergessen und kaum mehr gegrüßt, während er sich noch damit quälte, eine ebensolche Entfremdung vorsichtig einzuleiten.

Zuweilen sprach Doktor Reichardt in dem öden Vorstadthause bei der Frau Rat Weinland vor, wo es ihm jedesmal merkwürdig wohl wurde. Der vornehme Ton dort bildete einen angenehmen Gegensatz zu den Reden und Sitten des Zigeunertums, und immer ernsthafter beschäftigte ihn die Tochter, die ihn zweimal allein empfing und deren strenge Anmut ihn jedesmal entzückte und verwirrte. Denn er fand es unmöglich, mit ihr jemals über Gefühle zu reden oder doch die ihren kennenzulernen, da sie bei all ihrer damenhaften Schönheit die Verständigkeit selbst zu sein schien. Und zwar besaß sie jene praktische, auf das Notwendige und Nächste gerichtete Klugheit, welche das nur spielerische Sichabgeben mit den Dingen nicht kennt.

Agnes zeigte eine freundliche, sachliche Teilnahme für den Zustand, in dem sie ihn befangen sah, und wurde nicht müde, ihn auszufragen und ihm zuzureden, ja sie machte gar kein Hehl daraus, daß sie es eines Mannes unwürdig finde, sich seinen Beruf so im weiten zu suchen, wie man Abenteuer suche, statt mit festem Willen an einem bestimmten Punkte zu beginnen. Von den Weisheiten des

Malers Konegen hielt sie ebensowenig wie von dessen Holzschnitten, die ihr Reichardt mitgebracht hatte.

»Das sind Spielereien«, sagte sie bestimmt, »und ich hoffe, Ihr Freund treibe dergleichen nur in Mußestunden. Es sind, soviel ich davon verstehe, Nachahmungen japanischer Arbeiten, die vielleicht den Wert von Stilübungen haben können. Mein Gott, was sind denn das für Männer, die in den besten Jugendjahren sind daran verlieren, ein Grün und ein Grau gegeneinander abzustimmen! Jede Frau von einigem Geschmack leistet ja mehr, wenn sie sich ihre Kleiderstoffe aussucht!«

Die wehrhafte Gestalt bot selber in ihrem sehr einfachen, doch sorgfältig und bewußt zusammengestellten Kostüm das Beispiel einer solchen Frau. Recht als wolle es ihn mit der Nase darauf stoßen, hatte sein Glück ihm diese prächtige Figur in seinen Weg gestellt, daß er sich an sie halte. Aber der Mensch ist zu nichts schwerer zu bringen als zu seinem Glück.

Bei einem öffentlichen Vortrag über das Thema »Neue Wege zu einer künstlerischen Kultur« hatte Berthold etwas erfahren, was er um so bereitwilliger aufnahm, als es seiner augenblicklichen enttäuschten Gedankenlage entsprach, nämlich daß es not tue, aus allen ästhetischen und intellektuellen Interessantheiten herauszukommen. Fort mit der formalistischen und negativen Kritik unserer Kultur, fort mit dem kraftlosen Geistreichtum auf Kosten heiliger Güter und Angelegenheiten unserer Zeit! Dies war der Ruf, dem er wie ein Erlöster folgte. Er folgte ihm in einer Art von Bekehrung sofort und unbedingt, einerlei wohin er führe.

Und er führte auf eine Straße, deren Pflaster für Bertholds Steckenpferde wie geschaffen war, nämlich zu einer neuen Ethik. War nicht ringsum alles faul und verdorben, wohin der Blick auch fallen mochte? Unsere Häuser, Möbel und Kleider geschmacklos, auf Schein berechnet und unecht, unsere Geselligkeit hohl und eitel, unsere Wissenschaft verknöchert, unser Adel vertrottelt und unser Bürgertum verfettet? Beruhte nicht unsere Industrie auf einem Raubsystem, und war es nicht ebendeshalb, daß sie das häßliche Widerspiel ihres wahren Ideals darstellte? Warf sie etwa, wie sie könnte und sollte, Schönheit und Heiterkeit in die Massen, erleichterte sie das Leben, förderte sie Freude und Edelmut?

Der gelehrige Gelehrte sah sich rings von Falschheit und Schwindel umgeben, er sah die Städte vom Kohlenrauch beschmutzt und vom Geldhunger korrumpiert, das Land entvölkert, das Bauerntum aussterbend, jede echte Lebensregung an der Wurzel bedroht. Dinge, die er noch vor Tagen mit Gleichmut, ja mit Vergnügen betrachtet hatte, enthüllten ihm nun ihre innere Fäulnis. Berthold fühlte sich für dies alles mit verantwortlich und zur Mitarbeit an der neuen Ethik und Kultur verpflichtet.

Als er dem Fräulein Weinland zum erstenmal davon berichtete, wurde sie aufrichtig betrübt. Sie hatte Berthold gerne und traute es sich zu, ihm zu einem tüchtigen und schönen Leben zu verhelfen, und nun sah sie ihn, der sie doch sichtlich liebte, blind in diese Lehren und Umtriebe stürzen, für die er nicht der Mann war und bei denen er nur zu verlieren hatte. Sie sagte ihm ihre Meinung recht deutlich und meinte, jeder, der auch nur eine Stiefelsohle mache oder einen Knopf annähe, sei der Menschheit gewiß nützlicher als diese

Propheten. Es gebe in jedem kleinen Menschenleben Anlaß genug, edel zu sein und Mut zu zeigen, und nur wenige seien dazu berufen, das Bestehende anzugreifen und Lehrer der Menschheit zu werden.

Er antwortete dagegen mit Feuer, ebendiese Gesinnung, die sie äußere, sei die übliche weltkluge Lauheit, mit welcher es zu halten sein Gewissen ihm verbiete. Es war der erste kleine Streit, den die beiden hatten, und Agnes sah mit Betrübnis, wie der liebe Mensch immer weiter von seinem eigenen Leben und Glück abgedrängt und in endlose Wüsten der Theorie und Einbildungen verschlagen wurde. Schon war er im Begriffe, blind und stolz an der hübschen Glücksinsel vorüberzusegeln, wo sie auf ihn wartete.

Die Sache wurde um so übler, als Reichardt jetzt in den Einfluß eines wirklichen Propheten geriet, den er in einem »ethischen Verein« kennengelernt hatte. Dieser Mann, welcher Eduard van Vlissen hieß, war erst Theologe, dann Künstler gewesen und hatte überall, wohin er kam, rasch eine große Macht in den Kreisen der Suchenden gewonnen, welche ihm auch zukam, da er nicht nur unerbittlich im Erkennen und Verurteilen sozialer Übelstände, sondern persönlich zu jeder Stunde bereit war, für seine Gedanken einzustehen und sich ihnen zu opfern. Als katholischer Theologe hatte er eine Schrift über den heiligen Franz von Assisi veröffentlicht, worin er den Untergang seiner Ideen aus seinem Kompromiß mit dem Papsttum erklärt und den Gegensatz von heiliger Intuition und echter Sittlichkeit gegen Dogma und Kirchenmacht auf das schroffste ausgemalt hatte. Von der Kanzel deshalb vertrieben, nahm er seinen Austritt aus der Kirche und tauchte bald darauf in belgischen Kunstausstellungen als Urheber seltsamer mystischer Gemälde auf, die viel von sich reden machten. Seit Jahren aber lebte er nun auf Reisen, ganz dem Drange seiner Mission hingegeben. Er gab einem Armen achtlos sein letztes kleines Geldstück, um dann selbst zu betteln. In den Häusern der Reichen verkehrte er unbefangen, stets in dasselbe überaus einfache Lodenkleid gehüllt, das er auch auf seinen Fußwanderungen und Reisen trug. Seine Lehre war ohne Dogmen, er liebte und empfahl vor allem Bedürfnislosigkeit und Wahrhaftigkeit, so daß er auch die kleinste Höflichkeitslüge verabscheute. Wenn er daher zu jemand, den er kennenlernte, sagte: »Es freut mich«, so galt das für eine Auszeichnung, und ebendas hatte er zu Reichardt gesagt.

Seit dieser den merkwürdigen Mann gesehen hatte und seinen Umgang genoß, wurde sein Verhältnis zu Agnes Weinland immer lockerer und unsicherer. Der Prophet sah in Reichardt einen begabten jungen Mann, der im Getriebe der Welt keinen richtigen Platz finden konnte und den er keineswegs zu beruhigen und zu versöhnen dachte, denn er liebte und brauchte solche Unzufriedene, deren Not er teilte und aus deren Bedürfnis und Auflehnung er die Entstehung der besseren Zeiten erwartete. Während dilettantische Weltverbesserer stets an ihren eigenen Unzulänglichkeiten leiden, war dieser holländische Prophet gegen sein eigenes Wohl oder Wehe unempfindlich und richtete alle seine Kraft gegen jene Übel, die er als Feinde und Zerstörer menschlichen Friedens ansah. Er haßte den Krieg und die Machtpolitik, er haßte das Geld und den Luxus, und er sah seine Mission darin, seinen Haß auszubreiten und aus dem

Funken zur Flamme zu machen, damit sie einst das Übel vernichte. In der Tat kannte er Hunderte und Tausende von notleidenden und suchenden Seelen in der Welt, und seine Verbindungen reichten vom russischen Gutshofe des Grafen Tolstoi bis in die Friedens- und Vegetarierkolonien an der italienischen Küste und auf Madeira.

Van Vlissen hielt sich drei Wochen in München auf und wohnte bei einem schwedischen Maler, in dessen Atelier er sich nachts eine Hängematte ausspannte und dessen mageres Frühstück er teilte, obwohl er genug reiche Freunde hatte, die ihn mit Einladungen bedrängten. Öffentliche Vorträge hielt er nicht, war aber von früh bis spät und selbst bei Gängen auf der Straße umgeben von einem Kreise Gleichgesinnter und Ratsuchender, mit denen er einzeln oder in Gruppen redete, ohne zu ermüden. Mit einer einfachen, volkstümlichen Dialektik wußte er alle Propheten und Weisen als seine Bundesgenossen darzustellen und ihre Sprüche als Belege für seine Lehre zu zitieren, nicht nur den heiligen Franz, sondern ebenso Jesus selbst, Sokrates, Buddha, Konfuzius. Berthold unterlag willig dem Einfluß einer so starken und anziehenden Persönlichkeit. Wie ihm ging es auch hundert anderen, die sich in van Vlissens Nähe hielten. Aber Reichardt war einer von den wenigen, die sich nicht mit der Sensation des Augenblicks begnügten, sondern eine Umkehrung des Willens in sich erlebten.

In dieser Zeit besuchte er Agnes Weinland und ihre Mutter nur ein einziges Mal. Die Frauen bemerkten die Veränderung seines Wesens alsbald; seine Begeisterung, die keinen kleinsten Widerspruch ertragen konnte, und die fanatisierte Gehobenheit seiner Sprache mißfielen ihnen beiden, und indem er ahnungslos mit seinem Eifer sich immer heißer und immer weiter von Agnes wegredete, sorgte der böse Feind dafür, daß gerade heute ihn das denkbar unglücklichste Thema beschäftigen mußte.

Dieses war die damals viel besprochene Reform der Frauenkleidung, welche von vielen Seiten fanatisch gefordert wurde, von Künstlern aus ästhetischen Gründen, von Hygienikern aus hygienischen, von Ethikern aus ethischen. Während eine lärmende Jugend, von manchen ernsthaften Männern und Frauen bedeutsam unterstützt, gegen die bisherigen Frauenkleider auftrat und der Mode ihre Lebensberechtigung absprach, sah man freilich die schönen und eleganten Frauen nach wie vor sich mit dem schönen Schein dieser verfolgten Mode schmücken; und diese eleganten Frauen gefielen sich und der Welt entschieden besser als die Erstlingsopfer der neuen Reform, die mutig in ungewohnten faltenlosen Kostümen einhergingen.

Reichardt stand neuerdings unbedingt auf der Seite der Reformer. Die anfangs humoristischen, dann ernster werdenden und schließlich indignierten Einwürfe der beiden Damen beantwortete er in einem überlegenen Tone, wie ein Weiser, der zu Kindern spricht. Die alte Dame versuchte mehrmals das Gespräch in andere Gleise zu lenken, doch vergebens, bis schließlich Agnes mit Entschiedenheit sagte: »Sprechen wir nicht mehr davon! Ich bin darüber erstaunt, Herr Doktor, wieviel Sie von diesem Gebiet verstehen, auf dem ich mich auch ein wenig auszukennen glaubte, denn ich mache alle meine Kleider selber. Da habe ich denn also, ohne es zu ahnen, Ihre Gesinnungen und

Ihren Geschmack durch meine Trachten fortwährend beleidigt!«

Erst bei diesen Worten ward Reichardt inne, wie anmaßend sein Predigen gewesen sei, und errötend bat er um Entschuldigung. »Meine Überzeugung zwar bleibt bestehen«, sagte er ernsthaft, »aber es ist mir niemals eingefallen, auch nur einen Augenblick dabei an Ihre Person zu denken, die mir für solche Kritik viel zu hoch steht. Auch muß ich gestehen, daß ich selbst wider meine Anschauungen sündige, indem Sie mich in einer Kleidung sehen, deren Prinzip ich verwerfe. Mit anderen Änderungen meiner Lebensweise, die ich schon vorbereite, werde ich auch zu einer anderen Tracht übergehen, mit deren Beschreibung ich Sie jedoch nicht belästigen darf.«

Unwillkürlich musterte bei diesen Worten Agnes seine Gestalt, die in ihrer Besuchskleidung recht hübsch und nobel aussah, und sie rief mit einem Seufzer: »Sie werden doch nicht im Ernst hier in München in einem Prophetenmantel herumlaufen wollen!«

»Nein«, sagte der Doktor, »aber ich habe eingesehen, daß ich überhaupt nicht in das

Stadtleben tauge, und will mich in Bälde auf das Land zurückziehen, um in schlichter Tätigkeit ein einfaches und naturgemäßes Leben zu führen.«

Eine gewisse Befangenheit, der sie alle drei verfielen, lag lähmend über der weiteren Unterhaltung, so daß Reichardt nach wenigen Minuten Abschied nahm. Er reichte der Rätin die Hand, dann der Tochter, die jedoch erklärte, ihn hinausbegleiten zu wollen. Sie ging, was sie noch nie getan hatte, mit ihm im den engen Flur hinaus und wartete, bis er im Überzieher war. Dann öffnete sie die Tür zur Treppe, und als er ihr nun Abschied nehmend die Hand gab, hielt sie diese einen Augenblick fest, sah ihn mit dunklen Augen aus dem erbleichten Gesicht durchdringend an und sagte: »Tun Sie das nicht! Tun Sie nichts von dem, was Ihr Prophet verlangt! Ich meine es gut.«

Unter ihrem halb flehenden, halb befehlenden Blick überlief ihn ein süßer, starker Schauder von Glück, und im Augenblick schien es ihm Erlösung, sein Leben dieser Frau in die Hände zu geben. Er fühlte, wie weit aus ihrer spröden Selbständigkeit sie ihm hatte entgegenkommen müssen, und einige Sekunden lang schwankte, von diesem Wort und Blick erschüttert, das ganze Gebäude seiner Gedankenwelt, als wolle es einstürzen.

Indessen hatte sie seine Hand losgelassen und die Türe hinter ihm geschlossen.

Am folgenden Tag merkte van Vlissen wohl, daß sein Jünger unsicher geworden und von fremden Einflüssen gestört war. Er sah ihm lächelnd ins Gesicht, mit seinen klaren, doch leidvollen Augen, doch tat er keine Frage und lud ihn stattdessen zu einem Spaziergange ein. Berthold ließ alsbald einen Wagen kommen, in dem sie weit vor die Stadt hinaus isaraufwärts fuhren. Im Walde ließ van Vlissen halten und schickte den Wagen zurück. Der Wald stand vorwinterlich verlassen unter dem bleichen grauen Himmel, nur aus großer Ferne her hörten sie die Axtschläge von Holzhauern durch die graue Kühle klingen.

Auch jetzt begann der Apostel kein Gespräch. Er schritt mit leichtem, wandergewohntem Gange dahin, aufmerksam mit allen Sinnen die Waldstille einatmend und durchdringend. Wie er die Luft eintrank und den Boden trat, wie er einem entfliehenden Eichhorn nachblickte und mit lautloser Gebärde den Begleiter auf einen nahe sitzenden Specht aufmerksam machte, da war etwas still Zwingendes in seinem Wesen, eine ungetrübte Wachheit und überall mitlebende Unschuld, in welche der mächtige Mann wie in einen Zaubermantel gehüllt ein Reich zu durchwandern schien, dessen heimlicher König er war. Aus dem Walde tretend sahen sie Äcker ausgebreitet, ein Bauer fuhr am Horizont langsam mit schweren Gäulen dahin, und langsam begann van Vlissen zu sprechen, von Saat und Ernte und lauter bäuerlichen Dingen, und entfaltete in einfachen Worten ein Bild des ländlichen Lebens, das der stumpfe Bauer unbewußt führe, das aber, von bewußten und dankbaren Menschen geführt, voll Heiligung und geheimer Kraft sein müsse. Und der Jünger fühlte, wie die Weite und Stille und der ruhige große Atem der ländlichen Natur Sprache gewann und sich seines Herzens bemächtigte. Erst gegen Abend kehrten sie in die Stadt zurück.

Wenige Tage später fuhr van Vlissen zu Freunden nach Tirol, und Reichardt reiste mit ihm, und in einem südlichen Tal kaufte er einen Obstgarten und ein kleines, etwas verfallenes Weinberghäuschen, in das er ohne Säumen einziehen wollte, um sein neues Leben zu beginnen. Er trug ein einfaches Kleid aus grauem Loden, wie das des Holländers, und fuhr in diesem Kleide auch nach München zurück, wo er sein Zelt abbrechen und Abschied nehmen wollte.

Schon aus seinem langen Wegbleiben hatte Agnes geschlossen, daß ihr Rettungsversuch vergeblich gewesen sei. Das stolze Mädchen war betrübt, den Mann und die an ihn geknüpften Hoffnungen zu verlieren, doch nicht minder in ihrem Selbstgefühl verletzt, sich von ihm verschmäht zu sehen, dem sie nicht ohne Selbstüberwindung so weit entgegengekommen war.

Als jetzt Berthold Reichardt gemeldet wurde, hatte sie alle Lust, ihn gar nicht zu empfangen, bezwang jedoch ihre Verstimmung und sah ihm mit einer gewissen Neugierde entgegen. Die Mutter lag mit einer Erkältung zu Bette.

Mit Verwunderung sah Agnes den Mann eintreten, um den sie mit einem Luftgespinst zu kämpfen hatte und der nun etwas verlegen und wunderlich verändert vor ihr stand. Er trug nämlich die Tracht van Vlissens, Wams und Beinkleider von grobem Filztuch und statt steifgebügelter Wäsche ein Hemd aus naturfarbenem Linnen.

Agnes, die ihn nie anders als im schwarzen Besuchsrock oder im modischen Straßenanzug gesehen hatte, betrachtete ihn einen Augenblick, dann bot sie ihm einen Stuhl an und sagte mit einem kleinen Anklang von Spott: »Sie haben sich verändert, Herr Doktor.«

Er lächelte befangen und sagte: »Allerdings, und Sie wissen ja auch, was diese Veränderung bedeutet. Ich komme, um Abschied zu nehmen, denn ich übersiedele dieser Tage nach meinem kleinen Gute in Tirol.«

»Sie haben Güter in Tirol? Davon wußten wir ja gar nichts.«

»Es ist nur ein Garten und Weinberg und gehört mir erst seit einer Woche. Sie haben die große Güte gehabt, sich um mein Vorhaben und Ergehen zu kümmern, darum glaube ich Ihnen darüber Rechenschaft schuldig zu sein. Oder darf ich nun auf jene Teilnahme nicht mehr rechnen?«

Agnes Weinland zog die Brauen zusammen und sah ihn an.

»Ihr Ergehen«, sagte sie leise und klar, »hat mich interessiert, solange ich so etwas wie einen tätigen Anteil daran nehmen konnte. Für die Versuche mit Tolstoischer Lebensweise, die Sie vorhaben, kann ich aber leider nur wenig Interesse aufbringen.«

»Seien Sie nicht zu streng!« sagte er bittend. »Aber wie Sie auch von mir denken mögen, Fräulein Agnes, ich werde Sie nicht vergessen können, und ich hoffe, Sie werden mir das, was ich tue, verzeihen, sobald Sie mich hierin ganz verstehen.«

»Oh, zu verzeihen habe ich Ihnen nichts.«

Berthold beugte sich vor und fragte leise: »Und wenn wir beide guten Willens wären, glauben Sie nicht, daß Sie dann vielleicht diesen Weg mit mir gemeinsam gehen könnten?«

Sie stand auf und sagte ohne Erregung: »Nein, Herr Reichardt, das glaube ich nicht. Ich kann Ihnen alles Glück wünschen. Aber ich bin in all meiner Armut gar nicht so unglücklich, daß ich Lust hätte, einen Weg zu teilen, der aus der Welt hinaus ins Unsichere führt.«

Und plötzlich aufflammend rief sie fast heftig: »Gehen Sie nur Ihren Weg! Gehen Sie ihn!«

Mit einer zornigstolzen, prachtvollen Gebärde lud sie ihn ein, sich zu verabschieden, was er betroffen und bekümmert tat, und indessen er draußen die Türe öffnete und schloß und die Treppe hinabstieg, hatte sie, die seine Schritte verklingen hörte, genau dasselbe bittere Gefühl im Herzen wie der davongehende Mann, als gehe hier einer Torheit wegen eine schöne und köstliche Sache zugrunde; nur daß jeder dabei der Torheit des andern dachte.

Es begann jetzt Berthold Reichardts Martyrium. In den ersten Anfängen sah es gar nicht übel aus. Wenn er ziemlich früh am Morgen das Lager verließ, das er sich selber bereitete, schaute durch das kleine Fenster seiner Schlafkammer das stille morgendliche Tal herein. Der Tag begann mit angenehmen und kurzweiligen Betätigungen des Einsiedlerlehrlings, mit dem Waschen oder auch Baden im Brunnentrog, mit dem Feuermachen im Steinherde, dem Herrichten der Kammer, dem Milchkochen. Sodann erschien der Knecht und Lehrmeister Xaver aus dem Dorfe, der auch das Brot mitbrachte. Mit ihm ging Berthold nun an die Arbeit, bei gutem Wetter im Freien, sonst im Holzschuppen oder im Stall. Emsig lernte er unter des Knechtes Anleitung die wichtigsten Geräte handhaben, die Geiß melken und füttern, den Boden graben, Obstbäume putzen, den Gartenzaun flicken, Scheitholz für den Herd spalten und Reisig für den Ofen bündeln, und war es kalt und wüst, so wurden im Hause Wände und Fenster verstopft, Körbe und Strohseile geflochten, Spatenstiele geschnitzt und ähnliche Dinge betrieben, wobei der Knecht seine Holzpfeife rauchte und aus dem Gewölk hervor eine Menge Geschichten erzählte.

Wenn Berthold mit dem von ihm selbst gespaltenen Holz in der urtümlichen Feuerstelle unterm Schlunde des Rauchfanges Feuer anmachte und das Wasser oder die Milch im viel zu großen Hängekessel zu sieden begann, dann konnte er ein Gefühl robinsonschen Behagens in den Gliedern spüren, das er seit fernen Knabenzeiten nicht gekannt hatte und in dem er schon die ersten Atemzüge der ersehnten inneren Erlösung zu kosten meinte.

In der Tat mag es für den Städter nichts Erfrischenderes geben, als eine Weile mit bäuerlicher Arbeit zu spielen, die Glieder zu ermüden, früh schlafen zu gehen und früh aufzustehen. Es lassen sich jedoch ererbte und erworbene Gewohnheiten und Bedürfnisse nicht wie Hemden wechseln, das mußte auch Reichardt erfahren.

Abends ging der Knecht nach Hause oder ins Wirtshaus, um unter seinesgleichen froh zu sein und von dem Treiben seines wunderlichen Brotgebers zu erzählen; der Herr aber saß bei der Lampe und las in den Büchern, die er mitgebracht hatte und die vom Garten und Obstbau handelten. Diese vermochten ihn aber nicht lange zu fesseln. Er las und lernte gläubig, daß das Steinobst die Neigung hat, mit seinen Wurzeln in die Breite zu gehen, das Kernobst aber mehr in die Tiefe und daß dem Blumenkohl nichts so bekömmlich sei wie eine gleichmäßig feuchte Wärme. Er interessierte sich auch noch dafür, daß die Samen von Lauch und Zwiebeln ihre Keimkraft nach zwei Jahren verlieren, während die Kerne von Gurken und Melonen ihr geheimnisvolles Leben bis ins sechste Jahr behalten. Bald aber ermüdeten und langweilten ihn diese Dinge, die er von Xaver doch besser lernen konnte, und er gab diese Lektüre auf.

Dafür nahm er jetzt einen kleinen Bücherstoß hervor, der sich in der letzten Münchener Zeit bei ihm angesammelt, da er dies und jenes Zeitbuch auf dringende Empfehlungen hin gekauft hatte, zum Lesen aber nie gekommen war. Da waren Bücher von Tolstoi, van Vlissens Abhandlung über den Heiligen von Assisi, Schriften wider den Alkohol, wider die Laster der Großstadt, wider den Luxus, den Industrialismus, den Krieg.

Von diesen Büchern fühlte sich der Weltflüchtige wieder in allen seinen Prinzipien bestätigt, er sog sich mit erbittertem Vergnügen voll an der Philosophie der Unzufriedenen, Asketen und Idealisten, aus deren Schriften her ein Heiligenschein über sein eigenes jetziges Leben fiel. Und als nun bald der Frühling begann, erlebte Berthold mit Wonne den Segen natürlicher Arbeit und Lebensweise, er sah unter seinem Rechen hübsche Beete entstehen, tat zum erstenmal in seinem Leben die schöne, vertrauensvolle Arbeit des Säens und hatte seine Lust am Keimen und Gedeihen der Gewächse. Die Arbeit hielt ihn jetzt bis weit in die Abende hinein gefangen, die müßigen Stunden wurden selten, und in den Nächten schlief er tief. Wenn er jetzt, in einer Ruhepause auf den Spaten gestützt oder am Brunnen das Vollwerden der Gießkanne abwartend, an Agnes Weinland denken mußte, so zog sich wohl sein Herz ein wenig zusammen, aber er dachte das mit der Zeit vollends zu überwinden, und er meinte, es wäre doch schade gewesen, hätte er sich von der argen Welt zurückhalten lassen.

Dazu kam, daß jetzt sich auch die Einsamkeit mehr und mehr verlor wie ein Winternebel. Es erschienen je und je unerwartete, freundlich aufgenommene Gäste verschiedener Art, lauter fremde Menschen, von denen er nie gewußt hatte und deren eigentümliche Klasse er nun kennenlernte, da sie alle aus unbekannter Quelle seine Adresse wußten und keiner ihres Ordens durch das Tal zog, ohne ihn heimzusuchen. Es waren dies verstreute Angehörige jener großen Schar von

Sonderlingsexistenzen, die außerhalb der gewöhnlichen Weltordnung ein kometenhaftes Wanderleben führen und deren einzelne Typen nun Berthold allmählich unterscheiden lernte.

Der erste, der sich zeigte, war ein ziemlich bürgerlich aussehender Herr aus Leipzig, der die Welt mit Vorträgen über die Gefahren des Alkohols bereiste und auf einer Ferientour unterwegs war. Er blieb nur eine Stunde oder zwei, hinterließ aber bei Reichardt ein angenehmes Gefühl, er sei nicht völlig in der Welt vergessen und gehöre einer heimlichen Gesellschaft edel strebender Menschen an.

Der nächste Besucher sah schon aparter aus, es war ein regsamer, begeisterter Herr in einem weiten altmodischen Gehrocke, zu welchem er keine Weste, dafür aber ein Jägerhemd, gelbe karierte Beinkleider und auf dem Kopfe einen breitrandigen Filzhut trug. Dieser Mann, welcher sich Salomon Adolfus Wolff nannte, benahm sich mit einer so leutseligen Fürstlichkeit und nannte seinen Namen so bescheiden lächelnd und alle zu hohen Ehrenbezeigungen im voraus etwas nervös ablehnend, daß Reichardt in eine kleine Verlegenheit geriet, da er ihn nicht kannte und seinen Namen nie gehört hatte.

Der Fremde war, soweit aus seinem eigenen Berichte hervorging, ein hervorragendes Werkzeug Gottes und vollzog wundersame Heilungen, wegen deren er zwar von Ärzten und Gerichten beargwöhnt und angefeindet, ja grimmig verfolgt, von der kleinen Schar der Weisen und Gerechten aber desto höher verehrt wurde. Er hatte soeben in Italien einer Gräfin, deren Namen er nicht verraten dürfe, durch bloßes Händeauflegen das schon verlorengegebene Leben wiedergeschenkt. Nun war er, als ein Verächter der modernen Hastigkeit, zu Fuß auf dem Rückwege nach der Heimat, wo ihn zahlreiche Bedürftige erwarteten. Leider sehe er sich die Reise durch Geldmangel erschwert, denn es sei ihm unmöglich, für seine Heilungen anderen Entgelt anzunehmen als die Dankestränen der Genesenen, und er schäme sich daher nicht, seinen Bruder Reichardt, zu welchem Gott ihn gewiesen, um ein kleines Darlehen zu bitten, welches nicht seiner Person – an welcher nichts gelegen sei –, sondern eben den auf seine Rückkehr harrenden Bedürftigen zugute kommen sollte.

Das Gegenteil dieses Heilandes stellte ein junger Mann von russischem Aussehen vor, welcher eines Abends vorsprach und dessen feine Gesichtszüge und Hände in Widerspruch standen mit seiner äußerst dürftigen Arbeiterkleidung und den zerrissenen groben Schuhen. Er sprach nur wenige Worte Deutsch, und Reichardt erfuhr nie, ob er einen verfolgten Anarchisten, einen heruntergekommenen Künstler oder einen Heiligen beherbergt habe. Der Fremdling begnügte sich damit, einen glühend forschenden Blick in Reichardts Gesicht zu tun und ihn dann mit einem geheimen Signal der aufgehobenen Hände zu begrüßen. Er ging schweigend durch das ganze Häuschen, von dem verwunderten Wirte gefolgt, zeigte dann auf eine leerstehende Kammer mit einer breiten Wandbank und fragte demütig: »Ich hier kann schlafen?« Reichardt nickte, lud ihn zur Abendsuppe ein und machte ihm auf jener Bank ein Nachtlager zurecht. Am nächsten Morgen nahm der Fremde noch eine Tasse Milch an, sagte mit tiefem Gurgelton »Danke« und ging fort.

Bald nach ihm erschien ein halbnackter

Vegetarier, der erste einer langen Reihe, in Sandalen und einer Art von baumwollener Hemdhose. Er hatte, wie die meisten Brüder seiner Zunft, außer einiger Arbeitsscheu keine Laster, sondern war ein kindlicher Mensch von rührender Bedürfnislosigkeit, der in seinem sonderbaren Gespinste von hygienischen und sozialen Erlösungsgedanken ebenso frei und natürlich dahinlebte, wie er äußerlich seine etwas theatralische Wüstentracht nicht ohne Würde trug.

Dieser einfache, kindliche Mann machte Eindruck auf Reichardt. Er predigte nicht Haß und Kampf, sondern war in stolzer Demut überzeugt, daß auf dem Grunde seiner Lehre ganz von selbst ein neues paradiesisches Menschendasein erblühen werde, dessen er selbst sich schon teilhaftig fühlte. Sein oberstes Gebot war: »Du sollst nicht töten!«, was er nicht nur auf Mitmenschen und Tiere bezog, sondern als eine grenzenlose Verehrung alles Lebendigen auffaßte. Ein Tier zu töten, schien ihm scheußlich, und er glaubte fest daran, daß nach Ablauf der jetzigen Periode von Entartung und Blindheit die Menschheit von diesem Verbrechen wieder völlig ablassen werde. Er fand es aber auch mörderisch, Blumen abzureißen und Bäume zu fällen. Reichardt wandte ein, daß wir, ohne Bäume zu fällen, ja keine Häuser bauen könnten, worauf der Frugivore eifrig nickte: »Ganz recht! Wir sollten ja auch keine Häuser haben, so wenig wie Kleider, das alles trennt uns von der Natur und führt uns weiter zu allen den Bedürfnissen, um derentwillen Mord und Krieg und alle Laster entstanden sind.« Und als Reichardt wieder einwarf, es möchte sich kaum irgendein Mensch finden, der in unserem Klima ohne Haus und ohne Kleider einen Winter überleben könnte, da lächelte sein Gast abermals freudig und sagte: »Gut so, gut so! Sie verstehen mich ausgezeichnet. Ebendas ist ja die Hauptquelle alles Elends in der Welt, daß der Mensch seine Wiege und natürliche Heimat im Schoß Asiens verlassen hat. Dahin wird der Weg der Menschheit zurückführen, und dann werden wir alle wieder im Garten Eden sein.«

Berthold hatte, trotz der offenkundigen Untiefen, eine gewisse Freude an dieser idyllischen Philosophie, die er noch von manchen anderen Verkündern in anderen Tönungen zu hören bekam, und er hätte ein Riese sein müssen, wenn nicht allmählich jedes dieser Bekenntnisse ihm, der außerhalb der Welt lebte, Eindruck gemacht und sein eigenes Denken gefärbt hätte. Die Welt, wie er sie jetzt sah und nicht anders sehen konnte, bestand aus dem kleinen Kreise primitiver Tätigkeiten, denen er oblag, darüber hinaus war nichts vorhanden als auf der einen Seite eine verderbte, verfaulende und daher von ihm verlassene Kultur, auf der anderen eine über die Welt verteilte kleine Gemeinde von Zukünftigen, welcher er sich zurechnen mußte und zu der auch alle die Gäste zählten, deren manche tagelang bei ihm blieben. Nun begriff er auch wohl den sonderbar religiös-schwärmerischen Anhauch, den alle diese seine Gäste und Brüder hatten. Sie waren das Salz der Erde, die Umschaffenden und Zukunftbringenden, geheime geistige Kräfte hatten sich mit ihnen verbündet, von den Festen und Mysterien der Ägypter und Inder bis zu den Phantasien der langhaarigen Obstesser und den Heilungswundern der Magnetiseure oder Gesundbeter.

Daß aus diesen Erlebnissen und Beobachtungen alsbald wieder eine systematische Theorie oder Weltanschauung werde, dafür sorgte nicht nur des Doktors eigenes Geistesbedürfnis, sondern auch eine ganze Literatur von Schriften, die ihm von diesen Gästen teils mitgebracht, teils zugesandt, teils als notwendig empfohlen wurden. Eine seltsame Bibliothek entstand in dem kleinen Häuschen, beginnend mit vegetarischen Kochbüchern und endend mit den tollsten mystischen Systemen, über Platonismus, Gnostizismus, Spiritismus und Theosophie hinweg alle Gebiete geistigen Lebens in einer allen diesen Autoren gemeinsamen Neigung zu okkultistischer Wichtigtuerei umfassend. Der eine Autor wußte die Identität der pythagoreischen Lehre mit dem Spiritismus darzutun, der andere Jesus als Verkünder des Vegetarismus zu deuten, der dritte das lästige Liebesbedürfnis als eine Übergangsstufe der Natur zu erweisen, welche sich der Fortpflanzung nur vorläufig bediene, in ihren Endabsichten aber die leibliche Unsterblichkeit der Individuen anstrebe.

Mit dieser Büchersammlung fand sich Berthold schließlich bei rasch abnehmenden

Tagen seinem zweiten Tiroler Winter gegenübergestellt. Mit dem Eintritt der kühlen Zeit hörte der Gästeverkehr, an den er sich gewöhnt hatte, urplötzlich auf wie mit der Schere abgeschnitten. Die Apostel und Brüder saßen jetzt entweder im eigenen Winternest oder hielten sich, soweit sie heimatlos von Wanderung und Bettel lebten, an andere Gegenden und an die Adressen städtischer Gesinnungsgenossen.

Um diese Zeit las Reichardt in der einzigen Zeitung, die er bezog, die Nachricht vom Tode des Eduard van Vlissen. Der hatte in einem Dorf an der russischen Grenze, wo er der Cholera wegen in Quarantäne gehalten, aber kaum bewacht wurde, in der Bauernschenke gegen den Schnaps gepredigt und war im ausbrechenden Tumult erschlagen worden.

Vereinsamt sah Berthold dem Einwintern in seinem Tale zu. Seit einem Jahr hatte er sein Stücklein Boden nimmer verlassen und sich zugeschworen, auch ferner dem Leben der Welt den Rücken zu kehren. Die Genügsamkeit und erste Kinderfreude am Neuen war aber nicht mehr in seinem Herzen, er trieb sich viel auf mühsamen Spaziergängen im Schnee herum, denn der Winter war viel härter als der vorjährige, und überließ die häusliche Handarbeit immer häufiger dem Xaver, der sich längst in dem kleinen Haushalt unentbehrlich wußte und das Gehorchen so ziemlich verlernt hatte.

Mochte sich aber Reichardt noch so viel draußen herumtreiben, so mußte er doch alle die unendlich langen Abende allein in der Hütte sitzen, und ihm gegenüber mit furchtbaren großen Augen saß die Einsamkeit wie ein Wolf, den er nicht anders zu bannen wußte als durch ein stets waches Starren in seine leeren Augen, und der ihn doch von hinten überfiel, sooft er den Blick abwandte. Die Einsamkeit saß nachts auf seinem Bett, wenn er durch leibliche Ermüdung den Schlaf gefunden hatte, und vergiftete ihm Schlaf und Träume. Und wenn am Abend der Knecht das Haus verließ und pfeifend durch den Obstgarten hinab gegen das Dorf verschwand, sah ihm sein Herr nicht selten mit nacktem Neide nach. Nichts ist gefährlicher und seelenmordender als die beständige Beschäftigung mit dem eigenen Wesen und Ergehen, der eigenen einsamen Unzufriedenheit und Schwäche. Die ganze Krankheit dieses Zustandes mußte der Eremit an sich erleben, und durch die Lektüre so manches mystischen Buches geschult, konnte er nun an sich selbst beobachten, wie unheimlich wahr alle die vielen Legenden von den Nöten und Versuchungen der frommen Einsiedler in der Wüste Thebais waren.

So brachte er trostlose Monate hin, dem Leben entfremdet und an der Wurzel krank. Er sah übel aus, und seine früheren Freunde hätten ihn nicht mehr erkannt; denn über dem wetterfarbenen, aber eingesunkenen Gesichte waren Bart und Haar lang gewachsen, und aus dem hohlen Gesicht brannten hungrig und durch die Einsamkeit scheu geworden die Augen, als hätten sie niemals gelacht und niemals sich unschuldig an der Buntheit der Welt gefreut.

Es blies schon der erste Föhnwind, da brachte eines Tages der Knecht mit der Zeitung auch einen Brief herauf, die gedruckte Einladung zu einer Versammlung aller derer, die mit Wort oder Tat sich um eine Reform des Lebens und der Menschheit mühten. Die Versammlung, zu deren Einberufung theosophische, vegetarische und andere Gesellschaften sich vereinigt hatten, sollte zu Ende des Februar in München abgehalten werden. Wohlfeile Wohnungen und fleischfreie Kosttische zu vermitteln, erbot sich ein dortiger Verein.

Mehrere Tage schwankte Reichardt ungewiß, dann aber faßte er seinen Entschluß und meldete sich in München an. Und nun dachte er drei Wochen lang an nichts anderes als an dieses Unternehmen. Schon die Reise, so einfach sie war, machte ihm, der länger als ein Jahr eingesponnen hier gehaust hatte, Gedanken und Sorgen. Gern hätte er auch zum Bader geschickt und sich Bart und Haar zuschneiden lassen, doch scheute er davor zurück, da es ihm als eine feige Konzession an die Weltsitten erschien und da er wußte, daß manche der ihm befreundeten Sektierer auf nichts einen so hohen Wert legten wie auf die religiös eingehaltene Unbeschnittenheit des Haarwuchses. Dafür ließ er sich im Dorfe einen neuen Anzug machen, gleich in Art und Schnitt wie sein van Vlissensches Büßerkleid, aber von gutem Tuche, und einen landesüblichen Lodenkragen als Mantel.

Am vorbestimmten Tage verließ er früh am kalten Morgen sein Häuschen, dessen Schlüssel er im Dorf bei Xaver abgab, und wanderte in der Dämmerung das stille Tal hinab bis zum nächsten Bahnhof. Dann saß er mit einer lang nicht mehr gekosteten frohen Reiseunruhe im Münchener Zug und fuhr aufmerksam durch das schöne Land, unendlich froh, dem unerträglichen heimischen Zustand für ungewisse Tage entronnen zu sein.

Es war der Tag vor dem Beginn der Versammlung, und es begrüßten den Ankommenden gleich am Bahnhof die ersten Zeichen derselben. Aus einem Zug, der mit dem seinen zugleich ankam, stieg eine ganze Gesellschaft von Naturverehrern in malerisch exotischen Kostümen und auf Sandalen, mit Christusköpfen und Apostelköpfen, und mehrere Entgegenkömmlinge gleicher Art aus der Stadt begrüßten die Brüder, bis alle sich in einer ansehnlichen Prozession in Bewegung setzten. Reichardt, den ein ebenfalls heute zugereister Buddhist, einer seiner Sommerbesucher, erkannt hatte, mußte sich anschließen, und so hielt er seinen Wiedereinzug in München in einem Aufzug von Erscheinungen, deren Absonderlichkeit ihm hier peinlich auffiel. Unter dem lauten Vergnügen einer nachfolgenden Knabenhorde und den belustigten Blicken aller Vorübergehenden wallte die seltsame Schar stadteinwärts zur Begrüßung im Empfangssaale.

Reichardt erfragte so bald als möglich die ihm zugewiesene Wohnung und bekam einen Zettel mit der Adresse in die Hand gedrückt. Er verabschiedete sich, nahm an der nächsten Straßenecke einen Wagen und fuhr, ermüdet und verwirrt, nach der ihm unbekannten Straße. Da rauschte um ihn her das Leben der wohlbekannten Stadt, da standen die Ausstellungsgebäude, in denen er einst mit Konegen Kunstkritik getrieben hatte, dort lag seine ehemalige Wohnung, mit erleuchteten Fenstern, da drüben hatte früher der Justizrat Weinland gewohnt. Er aber war vereinsamt und beziehungslos geworden und hatte nichts mehr mit alledem zu tun, und doch bereitete jede von den wieder erweckten Erinnerungen ihm einen süßen Schmerz. Und in den Straßen lief und fuhr das Volk wie ehemals und immer, als sei nichts Arges dabei und sei keine Sorge noch Gefahr in der Welt; elegante Wagen fuhren auf lautlosen Rädern zu den Theatern, und Soldaten hatten ihre Mädel im Arm.

Das alles erregte den Einsamen, das wogende rötliche Licht, das im feuchten Pflaster sich mit froher Eitelkeit abspiegelte, und das Gesumme der Wagen und Schritte, das ganze wie selbstverständlich spielende Getriebe. Da war Laster und Not, Luxus und Selbstsucht, aber da war auch Freude und Glanz, Geselligkeit und Liebe, und vor allem war da die naive Rechenschaftslosigkeit und gleichmütige Lebenslust einer Welt, deren mahnendes Gewissen er hatte sein wollen und die ihn einfach beiseite getan hatte, ohne einen Verlust zu fühlen, während sein bißchen Glück darüber in Scherben gegangen war. Und dies alles sprach zu ihm, zog mit ungelösten Fäden an seinen Gefühlen und machte ihn traurig.

Sein Wagen hielt vor einem großen Mietshause, seinem Zettel folgend stieg er zwei Treppen hinan und wurde von einer Frau, die ihn mißtrauisch musterte, in ein überaus kahles Zimmerchen geführt, das ihn kalt und ungastlich empfing.

»Für wieviel Tage ist es?« fragte die Vermieterin kühl und bedeutete ihm, daß das Mietgeld im voraus zu erlegen sei.

Unwillig zog er die Geldtasche und fragte, während sie auf die Zahlung lauerte, nach einem besseren Zimmer.

»Für anderthalb Mark am Tag gibt es keine besseren Zimmer, in ganz München nicht«, sagte die Frau. Nun mußte er lächeln.

»Es scheint hier ein Mißverständnis zu walten«, sagte er rasch. »Ich suche ein bequemes Zimmer, nicht eine Schlafstelle. Mir liegt nichts am Preise, wenn Sie ein schöneres Zimmer haben.«

Die Vermieterin ging wortlos durch den Korridor voran, öffnete ein anderes Zimmer und drehte das elektrische Licht an. Zufrieden sah der Gast sich in dem weit größeren und wohnlich eingerichteten Zimmer um, legte den Mantel ab und gab der Frau ihr Geld für einige Tage voraus.

Erst am Morgen, da er in dem ungewohnt weichen fremden Bett erwachte und sich auf den vorigen Abend besann, ward ihm bewußt, daß seine Unzufriedenheit mit der einfachen Schlafstelle und sein Verlangen nach größerer Bequemlichkeit eigentlich wider sein Gewissen sei. Allein er nahm es sich nicht zu Herzen, stieg vielmehr munter aus dem Bett und sah dem Tag mit Spannung entgegen. Früh ging er aus, und beim nüchternen Gehen durch die noch ruhigen Straßen erkannte er auf Schritt und Tritt bekannte Bilder wieder. Es war herrlich, hier umherzugehen und als kleiner Mitbewohner dem Getriebe einer schönen Stadt anzugehören, statt im verzauberten Ring der Einsamkeit zu lechzen und immer nur vom eigenen Gehirn zu zehren.

Die großen Kaffeehäuser und Läden waren noch geschlossen, er suchte daher eine volkstümliche Frühstückshalle, um eine Schale Milch zu genießen.

»Kaffee gefällig?« fragte der Kellner und begann schon einzugießen. Lächelnd ließ Reichardt ihn gewähren und roch mit heimlichem Vergnügen den Duft des Trankes, den er ein Jahr lang entbehrt hatte. Doch ließ er es bei diesem kleinen Genusse bewenden, aß nur ein Stück Brot dazu und nahm eine Zeitung zur Hand.

Dann suchte er den Versammlungssaal auf, den er mit Palmen und Lorbeer geschmückt und schon von vielen Gästen belebt fand. Die Naturburschen waren sehr in der Minderzahl, und die alttestamentlichen oder tropischen Kostüme fielen auch hier als Seltsamkeiten auf, dafür sah man manchen feinen Gelehrtenkopf und viel Künstlerjugend. Die gestrige Gruppe von langhaarigen Barfüßern stand fremd als wunderliche Insel im Gewoge.

Ein eleganter Wiener trat als erster Redner auf und sprach den Wunsch aus, die Angehörigen der vielen Einzelgruppen möchten sich hier nicht noch weiter auseinanderreden, sondern das Gemeinsame suchen und Freunde werden. Dann sprach er parteilos über die religiösen Neubildungen der Zeit und ihr Verhältnis zur Frage des Weltfriedens. Ihm folgte ein greiser Theosoph aus England, der seinen Glauben als universale Vereinigung der einzelnen Lichtpunkte aller Weltreligionen empfahl. Ihn löste ein Rassentheoretiker ab, der mit scharfer Höflichkeit für die Belehrung dankte, jedoch den Gedanken einer internationalen Weltreligion als eine gefährliche Utopie brandmarkte, da jede Nation das Bedürfnis und Recht auf einen eigenen, nach ihrer Sonderart geformten und gefärbten Glauben habe.

Während dieser Rede wurde eine neben Reichardt sitzende Frau unwohl, und er begleitete sie durch den Saal bis zum nächsten Ausgang. Um nicht weiter zu stören, blieb er alsdann hier stehen und suchte den Faden des Vortrages wieder zu erhaschen, während sein Blick über die benachbarten Stuhlreihen wanderte.

Da sah er gar nicht weit entfernt in aufmerksamer Haltung eine schöne Frauenfigur sitzen, die seinen Blick gefangenhielt, und während sein Herz unruhig wurde und jeder Gedanke an die Worte des Redners ihn jäh verließ, erkannte er Agnes Weinland. Heftig zitternd lehnte er sich an den Türbalken und hatte keine andere Empfindung als die eines Verirrten, dem in Qual und Verzweiflung unerwartet die Türme der Heimat winken. Denn kaum hatte er die stolze Haltung ihres Kopfes erkannt und von hinten den verlorenen Umriß ihrer Wange erfühlt, so wußte er nichts auf der Welt als sich und sie, und wußte, der Schritt zu ihr und der Blick ihrer braunen Augen und der Kuß ihres Mundes sei das einzige, was seinem Leben fehle und ohne welches keine Weisheit ihm helfen könne. Und dies alles schien ihm möglich und in Treue aufbewahrt; denn er fühlte mit liebender Ahnung, daß sie nur seinetwegen oder doch im Gedanken an ihn diese Versammlung aufgesucht habe.

Als der Redner zu Ende war, meldeten sich viele zur Erwiderung, und es machte sich bereits die erste Woge der Rechthaberei und Unduldsamkeit bemerklich, welche fast allen diesen ehrlichen Köpfen die Weite und Liebe nahm und woran auch dieser ganze Kongreß, statt der Welterlösung zu dienen, kläglich scheitern sollte.

Berthold Reichardt jedoch hatte für diese Vorboten naher Stürme kein Ohr. Er starrte auf die Gestalt seiner Geliebten, als sei sein ganzes Wesen sich bewußt, daß es einzig von ihr gerettet werden könnte. Mit dem Schluß jener Rede erhob sich das Fräulein, schritt dem Ausgang zu und zeigte ein ernstkühles

Gesicht, in welchem sichtlich ein Widerwille gegen diese ganzen Verhandlungen unterdrückt wurde. Sie ging nahe an Berthold vorbei, ohne ihn zu beachten, und er konnte deutlich sehen, wie ihr beherrschtes kühles Gesicht noch immer in frischer Farbe blühte, doch um einen feinen lieben Schatten älter und stiller geworden war. Zugleich bemerkte er mit Stolz, wie die Vorüberschreitende überall von bewundernden und achtungsvollen Blicken begleitet wurde.

Sie trat ins Freie und ging die Straße hinab, wie sonst in tadelloser Kleidung und mit ihrem sportmäßigen Schritt, nicht eben fröhlich, aber aufrecht und elastisch. Ohne Eile ging sie dahin, von Straße zu Straße, nur vor einem prächtig prangenden Blumenladen eine Weile sich vergnügend, ohne zu ahnen, daß ihr Berthold immerzu folgte und in ihrer Nähe war. Und er blieb hinter ihr bis zur Ecke der fernen Vorstadtstraße, wo er sie im Tor ihrer alten Wohnung verschwinden sah.

Dann kehrte er um, und im langsamen Gehen blickte er an sich nieder. Er war froh, daß sie ihn nicht gesehen hatte, und die ganze ungepflegte Dürftigkeit seiner Erscheinung, die ihn schon seit gestern bedrückt hatte, schien ihm jetzt unerträglich. Sein erster Gang war zu einem Barbier, der ihm das Haar scheren und den Bart abnehmen mußte, und als er in den Spiegel sah und dann wieder auf die Gasse trat und die Frische der rasierten Wangen im leisen Winde spürte, fiel alle einsiedlerische Scheu vollends von ihm ab. Eilig fuhr er nach einem großen Kleidergeschäft, kauften einen modischen Anzug und ließ ihn so sorgfältig wie möglich seiner Figur anpassen, kaufte nebenan weiße Wäsche, Halsbinde, Hut und Schuhe, sah sein Geld zu Ende gehen und fuhr zur Bank um neues, fügte dem Anzug einen Mantel und den Schuhen Gummischuhe hinzu und fand am Abend, als er in angenehmer Ermüdung heimkehrte, alles schon in Schachteln und Paketen daliegen und auf ihn warten.

Nun konnte er nicht widerstehen, sofort eine Probe zu machen, und zog sich alsbald von Kopf zu Füßen an, lächelte sich etwas verlegen im Spiegel zu und konnte sich nicht erinnern, je in seinem Leben eine so knabenhafte Freude über neue Kleider gehabt zu haben. Daneben hing, unsorglich über einen Stuhl geworfen, sein asketisches Lodenzeug, grau und entbehrlich geworden wie die Puppenhülle eines jungen Schmetterlings.

Während er so vor dem Spiegel stand, unschlüssig, ob er noch einmal ausgehen sollte, wurde an seine Tür geklopft, und er hatte kaum Antwort gegeben, so trat geräuschvoll ein stattlicher Mann herein, in welchem er sofort den Herrn Salomon Adolfus Wolff erkannte, jenen reisenden Wundertäter, der ihn vor Monaten in der Tiroler Einsiedelei besucht hatte.

Wolff begrüßte den »Freund« mit heftigem Händeschütteln und nahm mit Verwunderung dessen frische Eleganz wahr. Er selbst trug den braunen Hut und alten Gehrock von damals, jedoch diesmal auch eine schwarze Weste dazu und graue Beinkleider, die jedoch für längere Beine als die seinen gearbeitet schienen, da sie oberhalb der Stiefel eine harmonikaähnliche Anordnung von widerwilligen Querfalten aufwiesen. Er beglückwünschte den Doktor zu seinem guten Aussehen und hatte nichts dagegen, als dieser ihn zum Abendessen einlud.

Schon unterwegs auf der Straße begann Salomon Adolfus mit Leidenschaft von den heutigen Reden und Verhandlungen zu sprechen und konnte es kaum glauben, daß Reichardt ihnen nicht beigewohnt habe. Am Nachmittag hätte ein schöner langlockiger Russe über Pflanzenkost und soziales Elend gesprochen und dadurch Skandal erregt, daß er beständig den nichtvegetarischen Teil der Menschheit als Leichenfresser bezeichnet hatte. Darüber waren die Leidenschaften der Parteien erwacht, mitten im Gezänke hatte sich ein Anarchist des Wortes bemächtigt und mußte durch Polizeigewalt von der Tribüne entfernt werden. Die Buddhisten hatten stumm in geschlossenem Zuge den Saal verlassen, die Theosophen vergebens um Frieden gemahnt. Ein Redner habe das von ihm selbst verfaßte »Bundeslied der Zukunft« vorgetragen, mit dem Refrain:

»Ich laß der Welt ihr Teil,
Im All allein ist Heil!«

und das Publikum sei schließlich unter Lachen und Schimpfen auseinandergegangen.

Erst beim Essen beruhigte sich der erregte Mann und wurde dann gelassen und heiter, indem er ankündigte, er werde morgen selbst im Saale sprechen. Es sei ja traurig, all diesen Streit um nichts mitanzusehen, wenn man selbst im Besitz der so einfachen Wahrheit sei. Und er entwickelte seine Lehre, die vom »Geheimnis des Lebens« handelte und in der Weckung der in jedem Menschen vorhandenen magischen Seelenkräfte das Heilmittel für die Übel der Welt erblickte.

»Sie werden doch dabei sein, Bruder Reichardt?« sagte er einladend.

»Leider nicht, Bruder Wolff«, meinte dieser lächelnd. »Ich kenne ja Ihre Lehre schon, der ich guten Erfolg wünsche. Ich selber bin in Familiensachen hier in München und morgen leider nicht frei. Aber wenn ich Ihnen sonst irgendeinen Dienst erweisen kann, tue ich es sehr gerne.«

Wolff sah ihn mißtrauisch an, konnte aber in Reichardts Mienen nur Freundliches entdecken.

»Nun denn«, sagte er rasch. »Sie haben mir diesen Sommer mit einem Darlehen von zehn Kronen geholfen, die nicht vergessen sind, wenn ich auch bis jetzt nicht in der Lage war, sie zurückzugeben. Wenn Sie mir nun nochmals mit einer Kleinigkeit aushelfen wollten – mein Aufenthalt hier im Dienst unserer Sache ist mit Kosten verbunden, die niemand mir ersetzt.«

Berthold gab ihm ein Goldstück und wünschte nochmals Glück für morgen, dann nahm er Abschied und ging nach Hause, um zu schlafen.

Kaum lag er jedoch im Bette und hatte das Licht gelöscht, da waren Müdigkeit und Schlaf plötzlich dahin, und er lag die ganze Nacht brennend in Gedanken an Agnes.

Früh am Morgen verließ er das Haus, unruhig und von der schlaflosen Nacht erschöpft. Er brachte die frühen Stunden auf einem Spaziergange und im Schwimmbad zu, saß dann noch eine ungeduldige halbe Stunde vor einer Tasse Tee und fuhr, sobald ein Besuch möglich schien, in einem hübschen Wagen an der Weinlandschen Wohnung vor.

Nachdem er die Glocke gezogen, mußte er eine Weile warten, dann fragte ihn ein kleines neues Mädchen, keine richtige Magd, unbeholfen nach seinem Begehren. Er fragte nach den Damen, und die Kleine lief, die Tür offen lassend, nach der Küche davon. Dort wurde nun ein Gespräch hörbar und zur Hälfte verständlich.

»Es geht nicht«, sagte Agnesens Stimme, »du mußt sagen, daß die gnädige Frau krank ist. – Wie sieht er denn aus?«

Schließlich aber kam Agnes selbst heraus, in einem blauen leinenen Küchenkleide, sah ihn fragend an und sprach kein Wort, da sie ihn unverweilt erkannte.

Er streckte ihr die Hand entgegen. »Darf ich hereinkommen?« fragte er, und ehe weiteres gesagt wurde, traten sie in das bekannte Wohnzimmer, wo die Frau Rat in einen Wollschal gehüllt im Lehnstuhl saß und sich bei seinem Anblick alsbald steif und tadellos aufrichtete.

»Der Herr Doktor Reichardt ist gekommen«, sagte Agnes zur Mutter, die dem Besuch die Hand gab.

Sie selbst aber sah nun im Morgenlicht der hellen Stube den Mann an, las die Not eines verfehlten und schweren Jahres in seinem mageren Gesicht und den Willen einer geklärten Liebe in seinen Augen.

Sie ließ seinen Blick nicht mehr los, und

eines vom andern wortlos angezogen, gaben sie einander nochmals die Hand.

»Kind, aber Kind!« rief die Rätin erschrocken, als unversehens ihre Tochter große Tränen in den Augen hatte und ihr erbleichtes Gesicht neben dem der Mutter im Lehnstuhl verbarg.

Das Mädchen richtete sich aber mit neu erglühten Wangen sogleich wieder auf und lächelte noch mit Tränen in den Augen.

»Es ist schön, daß Sie wiedergekommen sind«, begann nun die alte Dame. Da stand das hübsche Paar schon Hand in Hand bei ihr und sah dabei so gut und lachend aus, als habe es schon seit langem zusammengehört.

Doktor Knölges Ende

Herr Doktor Knölge, ein ehemaliger Gymnasiallehrer, der sich früh zur Ruhe gesetzt und privaten philologischen Studien gewidmet hatte, wäre gewiß niemals in Verbindung mit den Vegetariern und dem Vegetarismus gekommen, wenn nicht eine Neigung zu Atemnot und Rheumatismen ihn einst zu einer vegetarischen Diätkur getrieben hätte. Der Erfolg war so ausgezeichnet, daß der Privatgelehrte von da an alljährlich einige Monate in irgendeiner vegetarischen Heilstätte oder Pension zubrachte, meist im Süden, und so trotz seiner Abneigung gegen alles Ungewöhnliche und Sonderbare in einen Verkehr mit Kreisen und Individuen geriet, die nicht zu ihm paßten und deren seltene, nicht ganz zu vermeidende Besuche in seiner Heimat er keineswegs liebte.

Manche Jahre hatte Doktor Knölge die Zeit des Frühlings und Frühsommers oder auch die Herbstmonate in einer der vielen freundlichen Vegetarierpensionen an der südfranzösischen Küste oder am Lago Maggiore hingebracht. Er hatte vielerlei Menschen an diesen Orten kennengelernt und sich an manches gewöhnt, an Barfußgehen und langhaarige Apostel, an Fanatiker des Fastens und an vegetarische Gourmands. Unter den letzteren hatte er manche Freunde gefunden, und er selbst, dem sein Leiden den Genuß schwerer Speisen immer mehr verbot, hatte sich zu einem bescheidenen Feinschmecker auf dem Gebiete der Gemüse und des Obstes ausgebildet. Er war keineswegs mit jedem Endiviensalat zufrieden und hätte niemals eine kalifornische Orange für eine italienische gegessen. Im übrigen kümmerte er sich wenig um den Vegetarismus, der für ihn nur ein Kurmittel war, und interessierte sich höchstens gelegentlich für alle die famosen sprachlichen Neubildungen auf diesem Gebiete, die ihm als einem Philologen merkwürdig waren. Da gab es Vegetarier, Vegetarianer, Vegetabilisten, Rohkostler, Frugivoren und Gemischtkostler!

Der Doktor selbst gehörte nach dem Sprachgebrauch der Eingeweihten zu den Gemischtkostlern, da er nicht nur Früchte und Ungekochtes, sondern auch gekochte Gemüse, ja auch Speisen aus Milch und Eiern zu sich nahm. Daß dies den wahren Vegetariern, vor allem den reinen Rohkostlern strenger Observanz, ein Greuel war, entging ihm nicht. Doch hielt er sich den fanatischen Bekenntnisstreitigkeiten dieser Brüder fern und gab seine Zugehörigkeit zur Klasse der Gemischtkostler nur durch die Tat zu erkennen, während manche Kollegen, namentlich Österreicher, sich ihres Standes auf den Visitenkarten rühmten.

Wie gesagt, Knölge paßte nicht recht zu diesen Leuten. Er sah schon mit seinem friedlichen, roten Gesicht und der breiten Figur ganz anders aus als die meist hageren, asketisch blickenden, oft phantastisch gekleideten Brüder vom reinen Vegetarismus, deren manche die Haare bis über die Schultern hinab wachsen ließen und deren jeder als Fanatiker, Bekenner und Märtyrer seines speziellen Ideals durchs Leben ging. Knölge war Philolog und Patriot, er teilte weder die Menschheitsgedanken und sozialen Reformideen noch die absonderliche Lebensweise seiner Mitvegetarier. Er sah so aus, daß an den Bahnhöfen und Schiffhaltestellen von Locarno oder Pallanza ihm die Diener der weltlichen Hotels, die sonst jeden »Kohlrabiapostel« von weitem rochen, vertrauensvoll ihre

Gasthäuser empfahlen und ganz erstaunt waren, wenn der so anständig aussehende Mensch seinen Koffer dem Diener einer Thalysia oder Ceres oder dem Eselsführer des Monte Verità übergab.

Trotzdem fühlte er sich mit der Zeit in der ihm fremden Umgebung ganz wohl. Er war ein Optimist, ja beinahe ein Lebenskünstler, und allmählich fand er unter den Pflanzenessern aller Länder, die jene Orte besuchten, namentlich unter den Franzosen, manchen friedliebenden und rotwangigen Freund, an dessen Seite er seinen jungen Salat und seinen Pfirsich ungestört in behaglichen Tischgesprächen verzehren konnte, ohne daß ihm ein Fanatiker der strengen Observanz seine Gemischtkostlerei oder ein reiskauender Buddhist seine religiöse Indifferenz vorwarf.

Da geschah es, daß Doktor Knölge erst durch die Zeitungen, dann durch direkte Mitteilungen aus dem Kreise seiner Bekannten von der großen Gründung der Internationalen Vegetarier-Gesellschaft hörte, die ein gewaltiges Stück Land in Kleinasien erworben hatte und alle Brüder der Welt bei mäßigsten Preisen einlud, sich dort besuchsweise oder dauernd niederzulassen. Es war eine Unternehmung jener idealistischen Gruppe deutscher, holländischer und österreichischer Pflanzenesser, deren Bestrebungen eine Art von vegetarischem Zionismus waren und dahin zielten, den Anhängern und Bekennern ihres Glaubens ein eigenes Land mit eigener Verwaltung irgendwo in der Welt zu erwerben, wo die natürlichen Bedingungen zu einem Leben vorhanden wären, wie es ihnen als Ideal vor Augen stand. Ein Anfang dazu war diese Gründung in Kleinasien. Ihre Aufrufe wandten sich »an alle Freunde der vegetarischen und vegetabilistischen Lebensweise, der Nacktkultur und Lebensreform«, und sie versprachen so viel und klangen so schön, daß auch Herr Knölge dem sehnsüchtigen Ton aus dem Paradiese nicht widerstand und sich für den kommenden Herbst als Gast dort anmeldete.

Das Land sollte Obst und Gemüse in wundervoller Zartheit und Fülle liefern, die Küche des großen Zentralhauses wurde vom Verfasser der »Paradiese« geleitet, und als besonders angenehm empfanden viele den Umstand, daß es sich dort ganz ungestört ohne den Hohn der argen Welt würde leben lassen. Jede Art von Vegetarismus und von Kleidungsreformbestrebung war zugelassen, und es gab kein Verbot als das des Genusses von Fleisch und Alkohol.

Und aus allen Teilen der Welt kamen flüchtige Sonderlinge, teils, um dort in Kleinasien endlich Ruhe und Behagen in einem ihrer Natur gemäßen Leben zu finden, teils, um von den dort zusammenströmenden Heilsbegierigen ihren Vorteil und Unterhalt zu ziehen. Da kamen flüchtig gegangene Priester und Lehrer aller Kirchen, falsche Hindus, Okkultisten, Sprachlehrer, Masseure, Magnetopathen, Zauberer, Gesundbeter. Dieses ganze kleine Volk exzentrischer Existenzen bestand weniger aus Schwindlern und bösen Menschen als aus harmlosen Betrügern im Kleinen, denn große Vorteile waren nicht zu gewinnen, und die meisten suchten denn auch nichts anderes als ihren Lebensunterhalt, der für einen Pflanzenesser in südlichen Ländern sehr wohlfeil ist.

Die meisten dieser in Europa und Amerika entgleisten Menschen trugen als einziges Laster die so vielen Vegetariern eigene Arbeitsscheu mit sich. Sie wollten nicht Gold und Genuß, Macht und Vergnügen, sondern sie wollten vor allem ohne Arbeit und Belästigung ihr bescheidenes Leben führen können. Mancher von ihnen hatte zu Fuß ganz Europa wiederholt durchmessen als bescheidener Türklinkenputzer bei wohlhabenden Gesinnungsgenossen oder als predigender Prophet oder als Wunderdoktor, und Knölge fand bei seinem Eintreffen in Quisisana manchen alten Bekannten, der ihn je und je in Leipzig als harmloser Bettler besucht hatte.

Vor allem aber traf er Größen und Helden aus allen Lagern des Vegetariertums. Sonnenbraune Männer mit langwallenden Haaren und Bärten schritten alttestamentlich in weißen Burnussen auf Sandalen einher, andere trugen Sportkleider aus heller Leinwand. Einige ehrwürdige Männer gingen nackt mit Lendentüchern aus Bastgeflecht eigener Arbeit. Es hatten sich Gruppen und sogar organisierte Vereine gebildet, an gewissen Orten trafen sich die Frugivoren, an anderen die asketischen Hungerer, an anderen die Theosophen oder Lichtanbeter. Ein Tempel war von Verehrern des amerikanischen Propheten

Davis erbaut, eine Halle diente dem Gottesdienst der Neoswedenborgisten.

In diesem merkwürdigen Gewimmel bewegte sich Doktor Knölge anfangs nicht ohne Befangenheit. Er besuchte die Vorträge eines früheren badischen Lehrers namens Klauber, der in reinem Alemannisch die Völker der Erde über die Geschehnisse des Landes Atlantis unterrichtete, und bestaunte den Yogi Vishinanda, der eigentlich Beppo Cinari hieß und es in jahrzehntelangem Streben dahin gebracht hatte, die Zahl seiner Herzschläge willkürlich um etwa ein Drittel vermindern zu können.

In Europa zwischen den Erscheinungen des gewerblichen und politischen Lebens hätte diese Kolonie den Eindruck eines Narrenhauses oder einer phantastischen Komödie gemacht. Hier in Kleinasien sah das alles ziemlich verständig und gar nicht unmöglich aus. Man sah zuweilen neue Ankömmlinge in Verzückung über diese Erfüllung ihrer Lieblingsträume mit geisterhaft leuchtenden Gesichtern oder in hellen Freudentränen umhergehen, Blumen in den Händen, und jeden Begegnenden mit dem Friedenskuß begrüßend.

Die auffallendste Gruppe war jedoch die der reinen Frugivoren. Diese hatten auf Tempel und Haus und Organisation jeder Art verzichtet und zeigten kein anderes Streben als das, immer natürlicher zu werden und, wie sie sich ausdrückten, »der Erde näher zu kommen«. Sie wohnten unter freiem Himmel und aßen nichts, als was von Baum oder Strauch zu brechen war. Sie verachteten alle anderen Vegetarier unmäßig, und einer von ihnen erklärte dem Doktor Knölge ins Gesicht, das Essen von Reis und Brot sei genau dieselbe Schweinerei wie der Fleischgenuß, und zwischen einem sogenannten Vegetarier, der Milch zu sich nehme, und irgendeinem Säufer und Schnapsbruder könne er keinen Unterschied finden.

Unter den Frugivoren ragte der verehrungswürdige Bruder Jonas hervor, der konsequenteste und erfolgreichste Vertreter dieser Richtung. Er trug zwar ein Lendentuch, doch war es kaum von seinem behaarten braunen Körper zu unterscheiden, und er lebte in einem kleinen Gehölz, in dessen Geäste man ihn mit gewandter Hurtigkeit sich bewegen sah. Seine Daumen und große Zehen waren in einer wunderbaren Rückbildung begriffen und sein ganzes Wesen und Leben stellte die beharrlichste und gelungenste Rückkehr zur Natur vor, die man sich denken konnte. Wenige Spötter nannten ihn unter sich den Gorilla, im übrigen genoß Jonas die Bewunderung und Verehrung der ganzen Provinz.

Auf den Gebrauch der Sprache hatte der große Rohkostler Verzicht getan. Wenn Brüder oder Schwestern sich am Rande seines Gehölzes unterhielten, saß er zuweilen auf einem Aste zu ihren Häupten, grinste ermunternd oder lachte mißbilligend, gab aber keine Worte von sich und suchte durch Gebärden anzudeuten, seine Sprache sei die unfehlbare der Natur und werde später die Weltsprache aller Vegetarier und Naturmenschen sein. Seine nächsten Freunde waren täglich bei ihm, genossen seinen Unterricht in der Kunst des Kauens und Nüsseschälens und sahen seiner fortschreitenden Vervollkommnung mit Ehrfurcht zu, doch hegten sie die Besorgnis, ihn bald zu verlieren, da er vermutlich binnen kurzem, ganz eins mit der Natur, sich in die heimatliche Wildnis der Gebirge zurückziehen werde.

Einige Schwärmer schlugen vor, diesem wundersamen Wesen, das den Kreislauf des Lebens vollendet und den Weg zum Ausgangspunkte der Menschwerdung zurückgefunden hatte, göttliche Ehren zu erweisen. Als sie jedoch eines Morgens bei Aufgang der Sonne in dieser Absicht das Gehölz aufsuchten und ihren Kult mit Gesang begannen, erschien der Gefeierte auf seinem großen Lieblingsaste, schwang sein gelöstes Lendentuch höhnisch in Lüften und bewarf die Anbeter mit harten Pinienzapfen.

Dieser Jonas der Vollendete, dieser »Gorilla«, war unserem Doktor Knölge im Innersten seiner bescheidenen Seele zuwider. Alles, was er in seinem Herzen je gegen die Auswüchse vegetarischer Weltanschauung und fanatisch-tollen Wesens schweigend bewegt hatte, trat ihm in dieser Gestalt schreckhaft entgegen und schien sogar sein eigenes maßvolles Vegetariertum grell zu verhöhnen. In der Brust des anspruchslosen Privatgelehrten erhob sich gekränkt die Würde des Menschen, und er, der so viele Andersmeinende gelassen und duldsam ertragen hatte, konnte an dem Wohnort des Vollkommenen nicht vorübergehen, ohne Haß und Wut gegen ihn zu empfinden. Und der Gorilla, der auf seinem Aste alle Arten von Gesinnungsgenossen, Verehrern und Kritikern mit Gleichmut betrachtet hatte, fühlte ebenfalls wider diesen Menschen, dessen Haß sein Instinkt wohl witterte, eine zunehmende tierische Erbitterung. Sooft der Doktor vorüber kam, maß er den Baumbewohner mit vorwurfsvoll beleidigten Blicken, die dieser mit Zähnefletschen und zornigem Fauchen erwiderte.

Schon hatte Knölge beschlossen, im nächsten Monat die Provinz zu verlassen und nach seiner Heimat zurückzukehren, da führte ihn, beinahe wider seinen Willen, in einer strahlenden Vollmondnacht ein Spaziergang in die Nähe des Gehölzes. Mit Wehmut dachte er früherer Zeiten, da er noch voller Gesundheit als ein Fleischesser und gewöhnlicher Mensch unter seinesgleichen gelebt hatte, und im Gedächtnis schöner Jahre begann er unwillkürlich ein altes Studentenlied vor sich hin zu pfeifen.

Da brach krachend aus dem Gebüsch der Waldmensch hervor, durch diese Töne erregt und wild gemacht. Bedrohlich stellte er sich vor dem Spaziergänger auf, eine ungefüge Keule schwingend. Aber der überraschte Doktor war so erbittert und erzürnt, daß er nicht die Flucht ergriff, sondern die Stunde gekommen fühlte, da er sich mit seinem Feinde auseinandersetzen müsse. Grimmig lächelnd verbeugte er sich und sagte mit so viel Hohn und Beleidigung in der Stimme, als er aufzubringen vermochte: Sie erlauben, daß ich mich vorstelle. Doktor Knölge.

Da warf der Gorilla mit einem Wutschrei seine Keule fort, stürzte sich auf den Schwachen und hatte ihn im Augenblick mit seinen furchtbaren Händen erdrosselt. Man fand ihn am Morgen, manche ahnten den Zusammenhang, doch wagte niemand etwas gegen den Affen Jonas zu tun, der gleichmütig im Geäste seine Nüsse schälte. Die wenigen Freunde, die sich der Fremde während seines Aufenthaltes im Paradiese erworben hatte, begruben ihn in der Nähe und steckten auf sein Grab eine einfache Tafel mit der kurzen Inschrift: Dr. Knölge, Gemischtkostler aus Deutschland.

Inhalt

Der Weltverbesserer
5
Doktor Knölges Ende
73

Verzeichnis der suhrkamp taschenbücher

Eine Auswahl

Achternbusch: Alexanderschlacht 61
– Der Depp 898
– Servus Bayern 937
Adorno: Erziehung zur Mündigkeit 11
– Versuch, das ›Endspiel‹ zu verstehen 72
Alain: Die Pflicht, glücklich zu sein 859
Anders: Erzählungen. Fröhliche Philosophie 432
Ansprüche. Verständigungstexte von Frauen 887
Artmann: How much, schatzi? 136
– The Best of H. C. Artmann 275
Bachmann: Malina 641
Ball: Hermann Hesse 385
Ballard: Der ewige Tag 727
– Das Katastrophengebiet 924
Barnet: Der Cimarrón 346
Becher, Martin Roda: An den Grenzen des Staunens 915
Becker, Jurek: Irreführung der Behörden 271
– Jakob der Lügner 774
Beckett: Das letzte Band (dreisprachig) 200
– Endspiel (dreisprachig) 171
– Mercier und Camier 943
– Warten auf Godot (dreisprachig) 1
Bell: Virginia Woolf 753
Benjamin: Deutsche Menschen 970
– Illuminationen 345
Bernhard: Das Kalkwerk 128
– Frost 47
– Salzburger Stücke 257
Bertaux: Hölderlin 686
Bierce: Das Spukhaus 365
Bioy Casares:
– Die fremde Dienerin 962
– Morels Erfindung 939
Blackwood: Besuch von Drüben 411
– Das leere Haus 30
Blatter: Zunehmendes Heimweh 649
– Love me tender 883
Böni: Ein Wanderer im Alpenregen 671
Brasch: Der schöne 27. September 903
Braun, J. u. G.: Conviva Ludibundus 748
– Der Irrtum des Großen Zauberers 807
Braun, Volker: Das ungezwungene Leben Kasts 546
– Gedichte 499
Brecht: Frühe Stücke 201
– Gedichte 251
– Gedichte für Städtebewohner 640
– Geschichten von Herrn Keuner 16
– Schriften zur Gesellschaft 199
Brecht in Augsburg 297
Bertolt Brechts Dreigroschenbuch 87
Brentano: Theodor Chindler 892
Broch, Hermann: Werkausgabe in 17 Bdn.,
Buch: Jammerschoner 815
Carossa: Ungleiche Welten 521
– Der Arzt Gion 821

2/1/6.84

Carpentier: Die verlorenen Spuren 808
– Explosion in der Kathedrale 370
Celan: Atemwende 850
Chalfen: Paul Celan 913
Cioran: Syllogismen der Bitterkeit 607
Cortázar: Album für Manuel 936
– Die geheimen Waffen 672
Das sollten Sie lesen 852
Dick: UBIK 440
Die Serapionsbrüder von Petrograd 844
Dorst: Dorothea Merz 511
Dorst/Fallada: Kleiner Mann – was nun? 127
Dort wo man Bücher verbrennt 905
Eich: Ein Lesebuch 696
– Fünfzehn Hörspiele 120
Eliot: Die Dramen 191
Ellmann: James Joyce, 2 Bde. 473
Enzensberger: Gedichte 1955-1970 4
– Der kurze Sommer der Anarchie 395
– Der Untergang der Titanic 681
– Museum der modernen Poesie, 2 Bde. 476
– Politik und Verbrechen 442
Ewen: Bertolt Brecht 141
Federspiel: Paratuga kehrt zurück 843
– Der Mann, der Glück brachte 891
– Die beste Stadt für Blinde 979
Feldenkrais: Bewußtheit durch Bewegung 429
Fleißer: Ingolstädter Stücke 403
– Abenteuer aus dem Engl. Garten 925
Franke: Einsteins Erben 603
– Transpluto 841
– Ypsilon minus 358
Freund: Drei Tage mit J. Joyce 929
Fries: Das nackte Mädchen auf der Straße 577
Frisch: Andorra 277
– Der Mensch erscheint im Holozän 734
– Herr Biedermann / Rip van Winkle 599
– Homo faber 354
– Mein Name sei Gantenbein 286
– Montauk 700
– Stiller 105
– Tagebuch 1966-1971 256
– Wilhelm Tell für die Schule 2
Fuentes: Nichts als das Leben 343
Gandhi: Mein Leben 953
García Lorca: Über Dichtung und Theater 196
Ginzburg: Mein Familienlexikon 912
Goytisolo: Spanien und die Spanier 861
Gründgens' Faust 838
Handke: Chronik der laufenden Ereignisse 3
– Das Gewicht der Welt 500
– Die Angst des Tormanns beim Elfmeter 27
– Die linkshändige Frau 560
– Die Stunde der wahren Empfindung 452
– Der kurze Brief zum langen Abschied 172
– Falsche Bewegung 258
– Die Hornissen 416
– Langsame Heimkehr. Tetralogie. st 1069-1072
– Wunschloses Unglück 146

2/2/6.84

Hellman: Eine unfertige Frau 292
Hermlin: Lektüre 1960-1971 215
Hesse: Aus Indien 562
– Aus Kinderzeiten. Erzählungen Bd. 1 347
– Ausgewählte Briefe 211
– Demian 206
– Der Europäer. Erzählungen Bd. 3 384
– Der Steppenwolf 175
– Die Gedichte: 2 Bde. 381
– Die Märchen 291
– Die Nürnberger Reise 227
– Die Verlobung. Erzählungen Bd. 2 368
– Die Welt der Bücher 415
– Gedenkblätter 963
– Gertrud 890
– Das Glasperlenspiel 79
– Innen und Außen. Erzählungen Bd. 4 413
– Italien 689
– Klein und Wagner 116
– Kurgast 383
– Legenden 909
– Narziß und Goldmund 274
– Peter Camenzind 161
– Roßhalde 312
– Siddhartha 182
– Unterm Rad 52
Hermann Hesse – Eine Werkgeschichte von Siegfried Unseld 143
Hildesheimer: Mozart 598
– Stücke 362
Holmqvist (Hg.): Das Buch der Nelly Sachs 398
Horváth: Ein Lesebuch 742
– Geschichten aus dem Wiener Wald 835
– Jugend ohne Gott 1063
– Sladek 1052
Hrabal: Erzählungen 805
Innerhofer: Schöne Tage 349
Inoue: Die Eiswand 551
– Der Stierkampf 944
Johnson: Berliner Sachen 249
– Das dritte Buch über Achim 169
– Eine Reise nach Klagenfurt 235
– Zwei Ansichten 326
Joyce: Anna Livia Plurabelle 751
Kästner: Der Hund in der Sonne 270
Kaminski: Die Gärten des Mullay Abdallah 930
Kasack: Fälschungen 264
Kaschnitz: Ein Lesebuch 647
– Zwischen Immer und Nie 425
Kirchhoff: Einsamkeit der Haut 919
Kiss: Da wo es schön ist 914
Kluge: Lebensläufe, Anwesenheitsliste für eine Beerdigung 186
Koch: Jenseits des Sees 718
– See-Leben I 132
– Wechseljahre oder See-Leben II 412
Koeppen: Das Treibhaus 78
– Der Tod in Rom 241
– Reisen nach Frankreich 530
– Tauben im Gras 601
Koestler: Die Nachtwandler 579
Komm schwarzer Panther, lach noch mal 714
Komm: Die fünfte Dimension 971
Konrád/Szelényi: Die Intelligenz auf dem Weg zur Klassenmacht 726
Kracauer: Das Ornament der Masse 371
– Die Angestellten 13
Krolow: Ein Gedicht entsteht 95
Kühn: Die Präsidentin 858

2/3/6.84

– Und der Sultan von Oman 758
Kundera: Das Buch vom Lachen und Vergessen 868
Laederach: Nach Einfall der Dämmerung 814
Lem: Astronauten 441
– Der futurologische Kongreß 534
– Die Jagd 302
– Die Ratte im Labyrinth 806
– Die Untersuchung 435
– Memoiren, gefunden in der Badewanne 508
– Nacht und Schimmel 356
– Robotermärchen 856
– Sterntagebücher 459
– Waffensysteme des 21. Jahrhunderts 998
Lenz, Hermann: Andere Tage 461
– Der Kutscher und der Wappenmaler 934
– Der Tintenfisch in der Garage 620
– Die Begegnung 828
– Tagebuch vom Überleben 659
Leutenegger: Ninive 685
– Vorabend 642
Lexikon der phantastischen Literatur 880
Liebesgeschichten 847
Loerke: Die Gedichte 1049
Lovecraft: Cthulhu 29
– Berge des Wahnsinns 220
– Die Stadt ohne Namen 694
Majakowski: Her mit dem schönen Leben 766
Mayer: Außenseiter 736
– Georg Büchner und seine Zeit 58
Mayröcker. Ein Lesebuch 548
Mein Goethe 781
Meyer: Die Rückfahrt 578
– Ein Reisender in Sachen Umsturz 927
Miller: Drama des begabten Kindes 950
– Am Anfang war Erziehung 951
– Du sollst nicht merken 952
Mitscherlich: Toleranz – Überprüfung eines Begriffs 213
Molière: Drei Stücke 486
Mommsen: Goethe und 1001 Nacht 674
Moser: Gottesvergiftung 533
– Grammatik der Gefühle 897
– Lehrjahre auf der Couch 352
– Stufen der Nähe 978
Muschg: Albissers Grund 334
– Baiyun 902
– Fremdkörper 964
– Liebesgeschichten 164
– Noch ein Wunsch 735
Nachwehen. Verständigungstexte 855
Nizon: Im Hause enden die Geschichten. Untertauchen 431
Nossack: Der jüngere Bruder 133
– Nach dem letzten Aufstand 653
Onetti: Das kurze Leben 661
Oviedo (Hg.): Lateinamerika 810
Pedretti: Heiliger Sebastian 769
Penzoldts schönste Erzählungen 216
– Die Powenzbande 372
Phantastische Träume 954
Plenzdorf: Die Legende vom Glück ohne Ende 722
– Die Legende von Paul & Paula 173
– Die neuen Leiden des jungen W. 300
– Gutenachtgeschichte 958

2/4/6.84

Plank: Orwells 1984 969
Poe: Der Fall des Hauses Ascher 517
Proust: Briefe zum Leben, 2 Bde. 464
– Die Entflohene 918
– Die Gefangene 886
– Die Welt der Guermantes, 2 Bde. 754
– Im Schatten junger Mädchenblüte, 2 Bde. 702
– In Swanns Welt 644
– Sodom und Gomorra. 2 Bde. 822
Puig: Der Kuß der Spinnenfrau 869
Pütz: Peter Handke 854
Reinshagen: Das Frühlingsfest 637
– Sonntagskinder 759
Rochefort: Frühling für Anfänger 532
– Mein Mann hat immer recht 428
Rodriguez, Monegal (Hg.): Die Neue Welt 811
Rossanda: Einmischung 921
Rosei: Reise ohne Ende 875
Rottensteiner (Hg.): Blick vom anderen Ufer 359
– Die andere Zukunft 757
Rutschky (Hg.): Jahresbericht 1982 871
– Jahresbericht 1983 974
Sanzara: Das verlorene Kind 910
Schattschneider: Zeitstopp 819
Schleef: Gertrud 942
Schneider: Der Balkon 455
– Der Friede der Welt 1048
Schur: Sigmund Freud 778
Semprun: Die große Reise 744
– Was für ein schöner Sonntag 972
Shaw: Politik für jedermann 643
– Wegweiser für die intelligente Frau . . . 470
Soriano: Traurig, Einsam und Endgültig 928
Spectaculum 1-15 900
Sperr: Bayrische Trilogie 28
Steiner, George: Der Tod der Tragödie 662
Steiner, Jörg: Ein Messer für den ehrlichen Finder 583
– Schnee bis in die Niederungen 935
Sternberger: Panorama oder Ansichten vom 19. Jahrhundert 179
– Über den Tod 719
Stierlin: Delegation und Familie 831
Strawinsky 817
Strindberg: Ein Lesebuch für die niederen Stände 402
Struck: Die Mutter 489
– Trennung 613
Strugatzki: Die Schnecke am Hang 434
– Montag beginnt am Samstag 780
– Picknick am Wegesrand 670
Suzuki: Leben aus Zen 846
Szillard: Die Stimme der Delphine 703
Tendrjakow: Die Nacht nach der Entlassung 860
Unseld: Hermann Hesse – Eine Werkgeschichte 143
– Begegnungen mit Hermann Hesse 218
– Peter Suhrkamp 260
Unseld (Hg.): Wie, warum und zu welchem Ende wurde ich Literaturhistoriker? 60
– Bertolt Brechts Dreigroschenbuch 87

2/5/6.84

– Zur Aktualität Walter Benjamins 150
– Erste Lese-Erlebnisse 250
Vargas Llosa: Das grüne Haus 342
– Der Hauptmann und sein Frauenbataillon 959
Waggerl: Das Jahr des Herrn 836
Walser, Martin: Das Einhorn 159
– Das Schwanenhaus 800
– Der Sturz 322
– Die Anselm Kristlein Trilogie, 3 Bde. 684
– Ein fliehendes Pferd 600
– Gesammelte Stücke 6
– Halbzeit 94
– Jenseits der Liebe 525
– Seelenarbeit 901
Walser, Robert: Der Gehülfe 813
– Geschwister Tanner 917
– Jakob von Gunten 851
– Der »Räuber«-Roman 320
Warum lesen 946
Weber-Kellermann: Die deutsche Familie 185
Weiss, Peter: Das Duell 41
– Der andere Hölderlin. Materialien zu Weiss' »Hölderlin« 42
Weiß, Ernst: Der Aristokrat 792
– Der Verführer 796
– Die Erzählungen 798
– Die Kunst des Erzählens 799
– Franziska 785
– Ich – der Augenzeuge 797
– Männer in der Nacht 791
– Tiere in Ketten 787
Weisser: DIGIT 873
Winkler: Menschenkind 705
Zeemann: Einübung in Katastrophen 565
– Jungfrau und Reptil 776
ZEIT-Bibiliothek der 100 Bücher 645
Zulawski: Auf dem Silbermond 865
– Der Sieger 916
– Die alte Erde 968

2/6/6.84